Stirb leise ...

Ostfrieslandkrimi von Moa Graven

Impressum
***Stirb leise* … Ein Fall für Eva Sturm auf Langeoog - Band 10**
Ostfrieslandkrimi von Moa Graven

Erschienen im cri.ki-Verlag Leer (Ostfriesland)
Juli 2017
ISBN 978-3-946868-06-4
Umschlaggestaltung: Moa Graven - cri.ki-Verlag

Zum Inhalt

Es ist Sommer und Hochsaison auf Langeoog. Eva, die für eine Weile ohne Jürgen auskommen muss, freut sich, dass ihr Pflegebruder Robert einen Job als Barkeeper in einem Hotel angenommen hat.

Doch ausgerechnet in seinem Hotel wird eine ermordete junge Frau gefunden. Sie liegt erstickt mit einer Plastiktüte über dem Kopf in ihrem Bett.

Verschreckte Gäste reisen mit ihren Kindern ab. Der Täter könnte noch auf der Insel sein.

Es stellt sich heraus, dass die Tote, Claire Freitag, noch Sex gehabt hatte vor ihrem Tod. Außerdem hatte sie vor einiger Zeit abgetrieben. Eva steht vor einem mysteriösen Rätsel, denn auch Robert gehört bald zu den Verdächtigen.

Wer ist Eva Sturm?

Liebe Leserin, lieber Leser,

dies ist jetzt bereits der 10. Fall für Eva Sturm. Und wenn Sie meine Ermittlerin, die ich 2015 erfand, bereits kennen und lieben gelernt haben, dann gehen Sie gerne zum nächsten Kapitel weiter, denn die nächsten Zeilen sind für die Leser gedacht, die noch nie etwas von Eva gehört haben und jetzt zum ersten Mal einen Ostfrieslandkrimi mit ihr lesen.

Eva Sturm ist Ende vierzig, als sie auf die Insel Langeoog kommt. Ihr Chef in Braunschweig ist ihrer überdrüssig und versetzt sie kurzerhand nach Ostfriesland. Eva fühlt sich abgeschoben. Sie zieht sich zurück und schmollt. Was soll sie auf einer Insel? Da passiert doch nichts und mit den Menschen kann sie auch nur bedingt etwas anfangen.

Doch dann findet sie einen goldenen Ring am Strand und darum herum entwickelt sich ihr erster Fall. An ihrer Seite ist immer Jürgen von der Touristinfo. Er ist der Einzige auf der Insel, zu dem sie regelmäßig Kontakt hat. Meistens geht es allerdings von ihm aus, er hat nämlich ein Auge auf sie geworfen.

Doch Eva gibt sich eher spröde. Sie will keine Beziehung, war noch nie verheiratet und weist ihn vehement ab, wenn er ihr zu nahe kommt. Und doch entwickelt sich zwischen den beiden eine gute Freundschaft und am Ende lässt sie ihn sogar an der Ermittlungsarbeit teilhaben. Sie machen fast alles zusammen.

Und so erfährt Jürgen auch, warum Eva so abweisend und nach seiner Meinung einsam ist. Sie offenbart ihm, dass sie schon als kleines Mädchen von ihrer Mutter im Stich gelassen wurde und in Heimen und Pflegefamilien aufwuchs. Das förderte nicht gerade ihr Vertrauen in Menschen. Außerdem war sie sexuellen Übergriffen ausgesetzt.

Auch Jürgen offenbart sich ihr und so bilden sie bald eine gute Gemeinschaft. Sie vertrauen einander. Mehr aber auch nicht.

Im Laufe der Krimis erfährt man viel über Evas Vergangenheit und im 7. Fall »Auf Dich wartet der Tod« trifft sie noch einmal auf frühere Pflegegeschwister, unter anderem Robert. Er zieht nach Ostfriesland, bleibt aber auf dem Festland, und wird zu einem engen Vertrauten. Er hilft ihr sogar entscheidend dabei, ihre Mutter in Schweden ausfindig zu machen.

Im 8. Fall »7 Tage Regen« ist es dann endlich soweit, und Eva findet ihre Mutter wieder. Jürgen reist mit Eva nach Schweden. Ihre Verbundenheit erlebt einen Höhepunkt und schließlich finden sie auch emotional und in Liebe zusammen.

Doch hat ihre Liebe wirklich Bestand?

Jetzt wünsche ich Ihnen viel Vergnügen mit »Stirb leise …«

Ihre Moa Graven

Melancholie

Es war so anders. Und doch fühlte es sich gut an.

Am Anfang, da hatte Jürgen noch täglich angerufen und sie gefragt, wie es ihr so ginge ohne ihn. Dass er sie vermisse und lauter so Sachen, die man sich als Paar wohl sagte, wenn die Beziehung noch relativ frisch war.

Sicher hatte er gemerkt, dass er sie damit nervte. Wenn auch nicht so, dass sie maulig am Telefon reagierte, wenn sie abnahm. Doch seine Scherze wurden weniger. Und dann auch seine Anrufe.

Zwei Monate war Jürgen jetzt auf dem Festland bei irgendeinem Verwandten. Und Eva interessierte sich nicht einmal dafür, wie es diesem Menschen ging, der ihr Jürgen praktisch entrissen hatte.

Vielleicht war eine kurzzeitige Ruhephase voneinander gar nicht so schlecht.

Eva saß in ihrer Dienststelle und sah den Touristen nach, die alle in Richtung Strand gingen. Es war Sommer und die Insel schwarz von Menschen. Es gab kaum einen Grashalm, der nicht mindestens einmal am Tag platt getrampelt wurde.

Eva seufzte. Sie hatte sich einen Tee gekocht und ließ ihn auf dem Schreibtisch kalt werden über ihren Grübeleien.

Wie ging es Jürgen wohl damit, dass sie sich gar nicht meldete. Aber er kannte sie ja. Sicher würde er es verstehen, dass sie auch mal für sich sein wollte. Und sie war kein Teenager, der jetzt mit zitternden Fingern auf sein Handy starrte, wenn eine Nachricht oder ein Anruf einging.

Es war jetzt fünfzehn Uhr. Sie lehnte sich auf ihrem Stuhl zurück und legte die Füße auf den Schreibtisch. Sie hätte nicht hierbleiben müssen. Genauso gut und wahrscheinlich noch viel schöner wäre es jetzt sicher, draußen am Strand spazieren zu gehen. Wenn da nur nicht diese ganzen Menschen wären. Eva wollte alleine sein. Vielleicht ging sie später noch einmal raus, wenn die meisten der Spaziergänger sich in die Restaurants setzten, um etwas zu essen.

Sie hatte doch tatsächlich fünf Kilo abgenommen, seitdem Jürgen weg war. Kein Wunder, endlich mal keine Pizza mehr zum Abendessen. Ihr fehlte dieses Essen nicht. Und auch nicht das Ritual mit Jürgen, das sich eingebürgert hatte. Immer, wenn sie etwas zu besprechen hatten, dann gingen sie zu ihrem Italiener. Eva war noch nicht einmal wieder dort gewesen, seit er weg war. Oder nein, das stimmte nicht. Einmal war sie dort mit Robert gewesen.

Robert. Das war auch so ein Thema. Aber ein ganz anderes. Er war neben Jürgen zu dem wichtigsten Menschen in ihrem Leben geworden. Sie hatte ihren ehemaligen Pflegebruder nach vielen Jahren wiedergefunden und er hatte ihr geholfen, ihre Mutter in Schweden ausfindig zu machen. Ja, sie war Robert dankbar für alles, was er für sie getan hatte. Und letztlich war seine Kindheit genauso übel gewesen wie ihre, auch wenn er der leibliche Sohn der Stresels gewesen war, bei denen auch sie einige Zeit verbracht hatte.

Jetzt lebte Robert auf einem einsam gelegenen Hof in Ostfriesland und jobbte in der Sommersaison ausgerechnet auf ihrer Insel in einem Hotel, wo er abends in der Bar stand.

Warum gibt es eigentlich nicht mehr Menschen, die mir etwas bedeuten?, fragte sich Eva und fuhr mit ihrer Hand durch ihre Locken. Wieso bin ich am liebsten alleine? Bin ich wirklich so geschädigt durch meine Kindheit?

Sie musste an Katharina, ihre Mutter denken. Sie hatte sie gemeinsam mit Jürgen in Schweden besucht. Katharina schrieb ihr regelmäßig. Alle drei oder vier Wochen kam ein Brief, in dem ihre Mutter ihr von den vielen Kleinigkeiten berichtete, die sich in ihrem bunten Haus in Schweden zutrugen. Es war nichts von Bedeutung, wenn man es einem Außenstehenden zeigen würde. Doch für Eva waren diese Zeilen alles im Leben. Hin und wieder schrieb sie auch zurück. Doch irgendwie wusste sie nie so recht, was sie eigentlich schreiben sollte. Immer diese Wiederholungen, wenn sie mit Jürgen Pizza aß. Das konnte ihre Mutter doch gar nicht interessieren. Und von den Morden, die sie aufklärte, da mochte sie nicht schreiben. Die Welt war doch so schon kaputt genug.

Sicher, sie hätte ihre Gedanken aufschreiben können. Gerade jetzt, wo sie zur Ruhe kam, da wäre die Gelegenheit gewesen, das aufzuschreiben, was sie fühlte. Doch so weit war sie einfach noch nicht. Und manchmal wusste sie auch gar nicht, was sie fühlte.

Eva stand auf und ging ans Fenster. Plötzlich bekam sie hier in der Dienststelle keine Luft mehr. Sie musste einfach raus, Menschen hier oder her. Sie ging noch einmal zu Schreibtisch, stellte ihr Telefon aufs Handy um und ging nach draußen.

Die Sonne brannte vom Himmel und die Luft schien still zu stehen. Ein wenig Wind, das wäre jetzt was gewesen. Einen kurzen Augenblick war Eva beinahe soweit, doch wieder in die Dienststelle zu gehen.

Doch dann sah sie in einiger Entfernung Robert gehen. Fast hätte sie ihn gar nicht erkannt, wenn er nicht wie immer ein kariertes Hemd zu seiner Jeans getragen hätte. Sogar ein Langärmeliges. Dadurch stach er eindeutig aus der Masse heraus, die in kurzen Shorts und Sandalen mit T-Shirts in Bonbonfarben unterwegs war.

Es war zwecklos, nach ihm zu rufen. Er hätte sie aus der Entfernung nicht gehört. Aber wenn sie sich ein wenig beeilte, dann bestand die Chance, dass sie ihn einholte. Also lief Eva los.

Japsend kam sie beim Wasserturm an. Sie hatte Robert doch aus den Augen verloren. Sie setzte sich auf eine Bank, auf der auch eine Frau saß, die zwei kleine Kinder im Schlepptau hatte. Die Kinder stritten sich darüber, wer die Insel als Erstes betreten hatte. In stoischer Ruhe ertrug die Mutter das Geplänkel und sagte hin und wieder ja oder auch nein dazu. War sie alleine hier? Es war kein Mann in der Nähe. Vielleicht war sie zu einer Mutter-Kind-Kur hier auf der Insel. Doch Erholung sah bestimmt anders aus.

Als Eva das Gezeter zu viel wurde, als die Gören auch noch anfingen, über einen letzten Kaugummi, den der eine aus der Hosentasche gezogen hatte, zu streiten, war es ihr eindeutig genug. Sie stand auf und lief weiter Richtung Wasser. Immer dem Tross nach.

Diese Stimmung, die jetzt in ihr brodelte, hatte absolut nichts damit zu tun, als sie hier vor drei Jahren angefangen hatte. Damals war sie nur widerwillig nach Langeoog gekommen. Doch mit der Zeit hatte sie sich an die kleine ostfriesische Insel gewöhnt. Und natürlich auch an Jürgen.

Und jetzt ging es ihr so, dass sie wieder am liebsten geflohen wäre. Plötzlich hielt sie es nicht mehr aus. Diese Hitze, die erdrückende Luft und dann die ganzen Stimmen um sie herum. Überall wurde gebrabbelt. Und sie verstand zum Glück nur Wortfetzen. Es war immer dasselbe. Sie sorgten sich um die Wahl des nächsten Cafés oder Restaurants, riefen ihren Kindern nach, dass sie vorsichtig sein sollten und sich nicht zankten. Ein Ort für Verliebte war eine Insel im Sommer wahrlich nicht.

Am liebsten wäre Eva ins Meer gegangen. Doch wie hätte das ausgesehen, so in voller Bekleidung.

Also drehte sie um und lief zurück zu ihrer Dienststelle.

Wenn ein Tag erst mal im Eimer war, dann auch wohl richtig, dachte sie, als sie endlich wieder alleine war.

Der kalte Tee stand noch immer auf ihrem Schreibtisch.

Robert

Wie war er bloß auf die bescheuerte Idee gekommen, hier am Nachmittag an den Strand zu gehen. Er hätte es wissen müssen. Und doch war ihm in seinem Hotelzimmer einfach die Decke auf den Kopf gefallen. Ihm fehlte sein Hof. Und seine Katze. Er beneidete das Tier, das sich jetzt vermutlich auf seinem Sofa räkelte. Wie war er bloß auf die Schnapsidee gekommen, hier auf der Insel einen Job anzunehmen? Und dann auch noch in der Hauptsaison. Verrückter ging es wirklich nicht mehr.

Jetzt stand er hier am Wasser und sah den leicht wogenden Wellen zu.

Er meinte vorhin, Eva gesehen zu haben, wie sie sich beim Wasserturm auf eine Bank gesetzt hatte. Doch er hatte da keine Lust gehabt, noch einmal umzukehren.

Er fand es komisch, dass er nach so vielen Jahren mit seiner damaligen Pflegeschwester befreundet war. Seine Eltern hatten es ihr nicht leicht gemacht. Und sein Alter, der hatte wohl auch seine Finger nicht von ihr lassen können. Doch so genau wusste Robert das nicht. Er traute sich nicht, sie danach zu fragen. Das war zu intim. Einfach zu persönlich. Und sie fragte ihn auch nicht aus, was er alles mitgemacht hatte mit den Psychopathen. Und das war auch gut so. Es gab zwischen ihnen eine stille

Übereinkunft, dass man Dinge ruhen lassen musste, um zu vergessen. Oder besser gesagt, zu verdrängen. Denn vergessen konnte man so etwas niemals.

»He, kenne ich Sie nicht aus der Hotelbar?«, hörte Robert plötzlich eine junge Frauenstimme hinter sich. Er drehte sich um und hielt die Hand schützend über seine Augen.

»Doch«, sagte er, als er in ein sommersprossiges Gesicht einer Rothaarigen sah. »Ich arbeite dort in dieser Saison.«

»Wusste ich's doch«, lachte sie. »Ich vergesse nie ein Gesicht, auch wenn ich manchmal mehr trinke, als mir gut tut.«

Jetzt fiel auch Robert der gestrige Zwischenfall wieder ein. Ein anderer Kollege hatte erzählt, dass man eine junge Frau, die in einer Sitzgruppe eingeschlafen war, diskret auf ihr Zimmer gebracht hatte. Das musste sie sein. Doch davon wollte er jetzt lieber nichts sagen. Angestellte redeten nicht über das Fehlverhalten der Gäste. Das hatte er schon am ersten Abend gelernt.

»Sind Sie heute auch wieder da?«, fragte sie, als er nichts sagte.

»Ja, ab einundzwanzig Uhr«, antwortete Robert.

»Ich bin Claire«, sagte sie und strahlte ihn an. Offensichtlich gefiel er ihr.

Robert war das unangenehm. Denn eine weitere Regel besagte, dass er nichts mit Gästen anfangen durfte. Auch nicht, wenn sie so attraktiv waren wie Claire.

»Robert«, entgegnete er.

»Robert«, wiederholte sie, »das klingt so erwachsen.«

»Das will ich hoffen«, sagte er und musste jetzt auch lachen. »Schließlich bin ich über fünfzig.«

»Es gibt Menschen, die werden nie erwachsen«, sagte Claire, »jedenfalls habe ich das mal gehört.«

»Vielleicht gehöre ich dazu, wer weiß ...«.

Robert drehte sich wieder dem Meer zu und sie stellte sich neben ihn und sah in die gleiche Richtung.

»Ist Ihre Frau auch mit der auf der Insel?«, fragte sie, ohne ihn anzusehen.

Ging das jetzt schon zu weit, wenn er antwortete?

Er sagte jedenfalls nichts dazu.

»Bin ich zu neugierig?«, schob sie hinterher.

»Das ist wohl die jugendliche Wissbegier«, sagte Robert und sah sie von der Seite an. Sie hatte ein hübsches Profil mit einem schlanken Hals und einer kleinen Stupsnase. Keine Frage, sie war süß. Ihre dicken Haare waren lose mit einem hellblauen Band zusammengehalten. Für einen kurzen Moment wagte er auch, weiter nach unten zu sehen. Ein Reflex, dem er nicht widerstehen konnte. Ihr kleiner Busen unter dem weißen Top saß appetitlich aus. Schnell sah er wieder geradeaus, bevor sie es bemerkte.

»Sie halten mich also noch für ein Kind?«, fragte sie und ahmte eine Kleinmädchenstimme nach.

Jetzt wäre der Punkt gekommen, an dem er eindeutig Stopp sagen musste. Bis hierhin und nicht weiter. Er durfte nicht mit ihr flirten. Sie war ein Gast des Hotels, in dem er arbeitete. Also war sie tabu für ihn.

Doch er schaffte es nicht, ihr das zu sagen. Wie auch? Sollte er ihr hier einen Vortrag darüber halten, dass er als reifer Mann im gesetzten Alter nicht mit ihr sprechen dürfte, weil sie ausgerechnet in dem Hotel eingecheckt hatte, in dem er arbeitete? Das wäre lächerlich. Doch irgendwie musste er die Situation jetzt in den Griff kriegen, bevor sie ihn noch weiter um den Finger wickelte. Wäre sie doch nur in einem anderen Hotel, dachte er. Dann wäre es kein Problem gewesen, sich zwanglos mit ihr zu unterhalten. Und vielleicht auch mehr zu tun.

»Hören Sie, Claire«, begann er, doch sie schnitt ihm das Wort ab.

»Ich finde, wir sollten uns duzen«, sagte sie. »Es ist doch nichts dabei. Und ich mache hier Urlaub. Da muss ich mich doch nicht wie eine alte Jungfer benehmen.«

Verdammt. Wenn sie nur nicht so süß wäre. Und im Grunde hatte sie ja recht. Diese blöden Regeln, die waren doch bestimmt vor unendlichen Jahren von irgendwelchen Anstandswauwaus aufgestellt worden. Was war schon dabei, wenn er ein wenig mit Claire flirtete? Er hatte doch mit den Regeln der Welt sowieso schon lange abgeschlossen.

»Okay«, sagte er jetzt, »ich bin Robert.«

»Na also, geht doch«, lachte sie. »Wollen wir noch zusammen etwas essen, bevor du mit dem Dienst im Hotel anfängst, Robert?«

Das Eis war endgültig gebrochen und er warf jetzt auch noch die letzten Zweifel über Bord.

»Klar, warum nicht«, sagte er. »Aber bitte nicht in meinem Hotel, wo ich arbeite.«

»Schon gut, es soll da niemand wissen, ich bin ja nicht von vorgestern.«

Als sie nach seiner Hand greifen wollte, steckte er sie schnell in die Hosentasche.

»Das ist ja richtig süß«, rief sie aus.

Gemeinsam liefen sie zu einem netten Restaurant.

Endlich frischer Wind

Als Eva am nächsten Morgen aufwachte, wehte eine frische Brise durch das offenstehende Fenster in ihr Schlafzimmer.

Endlich, dachte sie und warf die Bettdecke zur Seite.

Sie hatte sich gestern Abend noch einen Salat mit Oliven und Orangen gemacht und war von dem Ergebnis begeistert. Dazu gab es einen eisgekühlten Pinot Grigio und anschließend ein wenig Zitroneneis zum Nachtisch.

Komisch, dachte sie jetzt. Seitdem Jürgen nicht mehr da ist, entwickle ich einen ganz anderen Geschmack. War das bereits der erste Schritt, um sich von ihm zu trennen? Wieder auf Distanz zu gehen, nach allem, was sie in der letzten Zeit miteinander erlebt hatten. Doch wie machte man das? Sollte sie zu ihm sagen, lieber Jürgen, lass uns die letzten Monate vergessen, in denen wir praktisch so weit waren, ein richtiges Paar zu sein? Sie hatte mit ihm geschlafen, so etwas ließ sich nicht ungeschehen machen. Doch musste das gleich zwangsläufig auf ein eheähnliches Verhältnis hinauslaufen? Am Ende würde Jürgen sie sogar noch heiraten wollen.

Eva erschrak bei dem Gedanken und richtete sich im Bett auf. Heiraten wäre das Letzte, was ihr in den Sinn käme. Doch, was war mit Jürgen? Er war ein echter bodenständiger Ostfriese. Da war es sicher nur natürlich, dass er Ordnung in seinem Leben haben wollte.

Sie fuhr sich mit der Hand durchs Haar. Sie schwitzte. Jetzt stieg sie aus dem Bett und ging ins Bad, um sich unter die Dusche zu stellen. Doch die Sache mit Jürgen ging ihr auch da nicht aus dem Kopf. Vielleicht sollte sie ihn im Laufe des Tages einfach mal anrufen und fragen, was er so machte.

Als sie sich kurz darauf in der Küche einen Kaffee einschenkte, klingelte ihr Handy.

»Ja, Eva hier«, sagte sie, weil sie die Nummer des Hotels erkannte, in dem Robert arbeitete.

»Hier ist Robert«, sagte er dann auch prompt. »Du musst schnell herkommen, man hat eine Leiche in meinem Hotel gefunden.«

»Was? Eine Leiche? Und wieso erfahre ich erst jetzt davon?«

»Keine Ahnung. Ist auch noch nicht lange her. Ich glaube, die haben es schon in der Dienststelle versucht. Und ich hab halt deine Handynummer angerufen.«

»Schon gut. Ich bin gleich da«, sagte Eva und legte auf.

Das hatte ihr gerade noch gefehlt. Sie wusste nicht, ob man Ole Meemken schon informiert hatte. Doch sicher nicht, wer hätte das auch machen sollen außer ihr. Also wählte sie seine Nummer, während sie den Kaffee herunterstürzte und schon auf dem Weg in den Flur war.

Ole wusste noch nichts von dem Vorfall und versprach, sofort zu kommen. Eva stellte den Kaffeebecher auf den kleinen Schrank im Flur und rannte aus ihrer Wohnung.

Beim Hotel war alles in heller Aufruhr. Die Gäste standen größtenteils im Foyer und wurden von den Angestellten mit Getränken versorgt. Es war schon wieder über zwanzig Grad an diesem Morgen. Eva schwitzte schon wieder.

Sie sah Robert, der sich mit einem Zimmermädchen unterhielt, das dauernd mit einem Taschentuch über ihre Augen rieb.

»Eva, endlich bist du da. Das ist Gertrud, sie hat die Tote gefunden«, sagte Robert, als sie bei ihm war.

»Okay. Kannst du sie in ein ruhiges Zimmer bringen? Ich werde mir jetzt erst einmal die Tote ansehen und möchte dann mit Gertrud reden.«

Die Angestellte sah von einem zum andern. Es wurde einfach über sie hinweg gesprochen.

»Sicher.«

Robert stand auf und zog Gertrud vom Stuhl hoch. Dann brachte er sie in einen Raum hinter dem Empfang, wo es ruhiger war.

Danach brachte er Eva in den zweiten Stock zu dem Zimmer, wo man die Tote gefunden hatte.

»Wer ist noch alles hier drin gewesen außer Getrud?«, fragte Eva, als Robert die Tür des Hotelzimmers aufschloss.

»Ich weiß nicht, vielleicht noch der Chef. Und Gertrud natürlich.«

»Schon klar«, sagte Eva. »Lass mich bitte einen Moment alleine, und wenn Ole Meemken, der Gerichtsmediziner, auftaucht, dann bringe ihn bitte nach oben.«

»Ich kenne ihn aber nicht«, erwiderte Robert.

Eva spürte in diesem Moment, dass Jürgen ihr auf gewisse Weise fehlte. Er wäre jetzt an ihrer Seite und würde alles regeln. Aber Robert war nicht Jürgen.

»Er wird sich am Empfang melden«, sagte sie, »am besten, du bleibst dort in der Nähe.«

»Okay. Und wenn ich sonst noch etwas tun soll, musst du Bescheid sagen«, bot Robert an und schloss die Tür hinter sich.

Endlich Ruhe, dachte Eva. Und doch war es eindeutig zu still.

Die junge Frau lag auf dem Bett, als schliefe sie. Die Decke war zurückgeschlagen. Vielleicht war es ihr warm gewesen und sie hatte sie zurückgeschoben im Schlaf. So könnte es gewesen sein, wenn sie nicht tot wäre, dachte Eva. Sie trat näher an das Bett heran.

Sie sah den Rücken der jungen Frau. Sie trug nur ein dünnes ärmelloses weißes Seidenhemd. Ihre Haut hatte einen angenehm gebräunten Ton, obwohl sie rote Haare hatte. Und diese Haare, von denen sie eine Menge hatte, waren durch den Plastikbeutel, den man ihr über den Kopf gezogen hatte, deutlich zu sehen.

Eva trat ganz nah an das Bett heran und beugte sich über den Körper der jungen Frau. Jetzt sah sie auch das Gesicht. Die Augen waren weit aufgerissen und der Mund stand offen. Man hatte sie offensichtlich mit diesem Plastikbeutel erstickt. Aber war das auch hier im Bett geschehen? Ihre Hände waren nicht gefesselt. Sie hätte sich den Beutel, der mit einem roten Band um ihren Hals befestigt worden war, herunterreißen können in ihrem Todeskampf. Doch das war nicht geschehen. Dafür musste es eine Erklärung geben.

Die Augen waren groß und blau. Eva schätzte sie auf höchstens Anfang dreißig. Sie hatte das ganze Leben noch vor sich gehabt. War sie alleine hier auf der Insel? Das wäre nicht typisch für eine Urlauberin ihres Alters. Das machten Frauen um die vierzig oder fünfzig, die eine langweilige Ehe hinter sich hatten und den neuen Weg in die Freiheit genossen. Aber bestimmt nicht eine junge Frau wie diese. Eva wusste noch nicht einmal ihren Namen.

Sie nahm wieder Abstand vom Bett und ließ das ganze Szenario noch einmal auf sich wirken. Sie lag auf der Seite mit Blick zum Fenster. Hatte sie den Mond gesehen, als sie starb? Wenigstens das wäre ihr zu gönnen gewesen. Ihre Arme waren nach vorne hin angewinkelt und lagen auf dem zweiten Kissen in dem Doppelbett. Wenn diese Frau alleine reiste, warum hatte sie dann ein Doppelzimmer gebucht? War sie mit jemandem verabredet gewesen? Es gab noch viele offene Fragen und vielleicht konnte Robert ihr bei den Antworten helfen, dachte Eva.

Sie ging zu dem Schreibtisch aus hellbraunem Holz und nahm vorsichtig die kleine Handtasche, die darauf stand, und öffnete sie einen Spaltbreit. Sie zog das Portemonnaie heraus und fand darin einen Ausweis. Die Tote hieß Claire Freitag, war einunddreißig und wohnte in Oberhausen. Ein merkwürdiger Name für eine junge Frau, dachte Eva. Vielleicht hatte sie einen französischen Elternteil oder ihr Vater mochte Gilbert O‘Sullivan. Es gab viele Motivationen für eine Namensfindung, womit Kinder dann ihr Leben lang zurechtkommen mussten.

Sonst fand Eva nichts außer ein paar Quittungen, Kreditkarten und Geld in dem Portemonnaie. Keine persönlichen Notizen oder Fotos. Das fand sie ungewöhnlich. Gerade als junge Frau hob man sicher so einiges auf. Doch das konnte ja auch woanders zu finden sein. Schließlich war sie hier nur in Urlaub. Es nützte nichts, dachte Eva, ich muss nach Oberhausen. Und das alles ohne Jürgen.

Und als ob man irgendwo ihren lautlosen Seufzer vernommen hätte, kam Ole durch die Tür, um sie zu retten.

»Moin Eva«, sagte er nur.

»Ole, gut, dass du da bist. Sie liegt dort auf dem Bett.«

Doch das hatte der Gerichtsmediziner natürlich längst gesehen.

»Wo ist dein Jürgen denn?«, fragte er, während er sich über den Leichnam beugte.

»Er ist zurzeit nicht auf der Insel«, antwortete Eva.

»Aha ... na ja, es muss auch mal ohne ihn gehen.«

Sicher, dachte Eva. Und eigentlich habe ich mich schon halbwegs dran gewöhnt. Doch das erwähnte sie nicht.

»Auf den ersten Blick scheint man sie erstickt zu haben«, meinte Ole.

»Stimmt. Aber ihre Hände sind frei, sie hätte sich befreien können.«

»Ja. Das wird noch zu klären sein. Doch du stimmst wohl mit mir überein, dass das Ganze nicht nach einem Selbstmord aussieht, oder?«

»Es war Mord«, sagte Eva, »wenn sich jemand umbringen will, dann wählt er nicht den Erstickungstod.«

»Eben. Es gibt da so gewisse Reflexe, die man nicht verhindern könnte. Sie hätte sich das Ding vom Kopf gerissen, ganz sicher.«

»Aber an den Handgelenken kann man keine Spuren von Fesseln erkennen. Ich meine, ich erkenne sie nicht.«

»Das muss ich genauestens in Oldenburg untersuchen. Aber sie sieht sehr friedlich aus für ein Opfer eines Gewaltverbrechens.«

Eva runzelte die Stirn. »Das ist eine interessante Feststellung«, sagte sie mehr zu sich selbst.

»Ich muss ja auch für etwas gut sein«, murmelte Ole, »wenn Jürgen schon nicht da ist. Aber wo ist der eigentlich genau?«

»Ach, das ist eine Familiensache«, wich Eva aus. Sie hatte keine Lust, jetzt über Jürgen zu sprechen.

»Na dann ... die Spurensicherung dürfte auch gleich eintreffen. Hast du schon ihren Namen?«

»Ja, sie heißt Claire Freitag. Dort drüben in der Tasche war ihr Ausweis.«

»Claire Freitag?«

»Ich weiß, klingt merkwürdig. Sie kommt aus Oberhausen.«

»Und ihr Mann?«

Eva zuckte mit den Schultern. »So weit bin ich noch nicht. Im Moment sieht es für mich so aus, als ob sie alleine hier war.«

»Kann ich mir bei so einem jungen Ding nicht vorstellen«, meinte Ole und kratzte sich am Kinn. »Aber wenn das wirklich stimmt, dann ist sie nicht lange alleine geblieben.«

»Daran habe ich auch schon gedacht. Vielleicht hat sie hier auf der Insel jemanden kennen gelernt.«

»Das geht fix im Sommer, wenn alle halbnackt am Strand rumrennen.«

Eva musste schmunzeln. Sie hätte da wohl Wochen liegen müssen, bis jemand anbiss. Und auch das wäre noch fraglich gewesen.

»Dann muss ich wohl nach Oberhausen«, murmelte sie.

»Ohne Jürgen?«, kam es prompt von Ole und er grinste.

»Traust du mir das nicht zu?«, fragte sie zurück.

»Na ja ... ihr seid doch schon ein eingespieltes Team.«

»Sicher. Aber es gab auch eine Zeit vor Jürgen, als ich in Braunschweig gearbeitet habe. Da bin ich auch überall hingekommen.«

»Schwer vorstellbar.«

»Nun hör aber auf. Das hört sich ja fast so an, als wäre ich irgendwie unfähig, irgendwo alleine hinzufahren.«

»Darüber solltest du tatsächlich mal nachdenken«, wurde Ole jetzt ernster. »Kann es sein, dass Jürgen dich irgendwie eingeengt hat in den letzten Jahren?«

Diese Offenheit traf sie wie ein Schlag mit der Keule. Sie schluckte.

»Ich weiß nicht«, sagte sie kleinlaut.

»He, geht mich auch nichts an. Aber einige hier auf der Insel ...«

»Was ist mit einigen auf der Insel?«, fragte sie entsetzt, als er nicht weitersprach. »Was willst du da andeuten?«

Ole fühlte sich unbehaglich. Eigentlich wollte er hier doch nur eine Tote abholen. Und jetzt bewegte er sich auf ganz dünnem Eis.

»Ich will nichts andeuten. Aber die Leute reden halt gerne ...«

»Und was reden sie?«, wurde Eva jetzt lauter, als ob es ihr nicht schon längst klar gewesen wäre, dass man über sie und Jürgen hinter vorgehaltener Hand sprach. Doch bisher hatte sie sich nicht darum geschert.

»Ach Eva, mach jetzt nicht so ein Ding daraus. Es ist doch nur, weil einige Leute nicht wissen, worüber sie den ganzen Tag tratschen sollen ...«

»Du hast recht«, lenkte Eva ein. »Und normal ist es ja auch wirklich nicht, dass ich Jürgen ständig in meine Ermittlungen mit einbeziehe. Es hat sich einfach so ergeben, er ist mir doch ständig nachgelaufen.«

Ole stand jetzt bei ihr und legte seine Hand auf ihre Schulter.

»Eva, vor mir musst du dich nicht rechtfertigen. Ich gebe nichts auf Tratsch von Leuten, die sich nur das Maul über andere zerreißen können.«

Sie sahen sich kurz an und Eva spürte, dass er es ernst meinte. Ole war einer von den Guten.

»Danke dir«, sagte sie. »Und jetzt Schwamm drüber. Ich habe hier einen Mord aufzuklären.«

»Eben.«

Im nächsten Moment traf die Spurensicherung ein und Eva ging nach unten, um mit der Zeugin zu sprechen.

Gertrud saß noch immer in dem Zimmer hinter dem Empfang und starrte auf ihre Hände. Robert hatte sich mit an den Tisch gesetzt.

»Kannst du uns kurz alleine lassen«, bat Eva und er nickte und verließ den Raum.

»Sie heißen Gertrud?«, begann Eva.

Die Frau in den Vierzigern sah auf. »Ja.«

»Ich habe Sie hier noch nie gesehen. Sind Sie neu auf der Insel?« Eigentlich fand Eva, dass sie ein bisschen zu alt für ein Zimmermädchen war.

»Stimmt, ich mache das zum ersten Mal«, sagte Gertrud. »So ist das eben, wenn man sich scheiden lässt. Da muss man als Frau sehen, wie man klarkommt, wenn man immer nur zuhause für die Kinder da war.«

So in der Art hatte Eva sich das schon gedacht.

»Können Sie mir bitte genau schildern, wie Sie die Tote gefunden haben?«,

Gertrud sah wieder auf ihre Hände.

»So viel gibt es da gar nicht zu erzählen«, begann sie. »Ich mache morgens den zweiten Stock. Und es kam mir gleich komisch vor, als ich das Zimmer von Frau Freitag aufgeschlossen habe.«

»Warum?«

»Na, weil ich ja vorher anklopfe, aber da kam nichts. Und unten hatte ich gehört, dass sie noch auf ihrem Zimmer war.«

»Ist das üblich, dass Sie danach fragen?«

»Nein, aber ich habe mit Robert gesprochen. Er hat heute Morgen den Empfang in der Frühstückspause der anderen übernommen. Wir verstehen uns ganz gut.«

Eva verstand nicht ganz. »Was genau hat Robert denn mit der Sache zu tun?«

»Nun ja, er hat mir erzählt, dass er sich mit einem Gast ganz gut unterhalten hat am gestrigen Abend.«

»Und dieser Gast war Claire Freitag?«

Gertrud nickte.

Auch das noch, dachte Eva. Sie musste mit Robert darüber sprechen. Warum hatte er ihr bisher nichts davon gesagt? Vielleicht hatte die Zeit dafür einfach nicht gereicht.

»Und was genau hat Robert gesagt?«, fragte Eva jetzt.

»Ach, eigentlich nichts Großartiges. Nur, dass das eine Zimmer in meinem Stockwerk noch nicht frei wäre zum Putzen. Dass ich da eben höflich anklopfen müsste, mehr nicht.«

Das konnte alles Zufall sein, dachte Eva. Vielleicht hatte Robert auch einfach Lust gehabt, es jemandem zu erzählen, dass er einen schönen Abend gehabt hatte.

»Okay, dann erzählen Sie bitte weiter«, bat Eva.

»Ja, wie gesagt, ich habe geklopft, und als keine Antwort kam, da habe ich aufgeschlossen und bin rein. Als ich dann die junge Frau auf dem Bett liegen sah, wollte ich erst wieder gehen, weil ich dachte, sie schläft noch.«

»Aber dann haben Sie etwas anderes gesehen, richtig?«

Gertrud nickte. »Ja, ich habe gesehen, dass ... der Kopf ...«. Sie schluchzte und hielt ihre Hände vors Gesicht. Eine typische Reaktion für jemanden, der nicht täglich mit Leichen zu tun hatte.

»Sie sahen, dass die junge Frau eine Plastiktüte über dem Kopf hatte«, half Eva nach.

Gertrud nickte und sah sie aus wässrigen Augen an. »Es war so schrecklich. Ich habe so was schon mal im Fernsehen in einem Krimi gesehen, aber in echt ... es war schrecklich.«

»Was haben Sie dann gemacht?«

Gertrud schluckte. »Ich bin rausgerannt und habe die Tür wieder zugeschlagen.«

»Und dann liefen Sie wieder nach unten zu Robert?«

»Ja, genau. Er hat sofort gesehen, dass etwas nicht stimmt.«

»Aber er konnte ja gar nicht wissen, was Sie entdeckt hatten.«

»Nein. Aber ich war ja völlig aufgelöst. Er hat mich mit in dieses Zimmer genommen und gefragt, was los ist.«

»Und wie wirkte er, als sie ihm das sagten?«

Eva versuchte, diese Frage harmlos klingen zu lassen. Doch es fühlte sich irgendwie komisch an, dass ausgerechnet Robert mit der Sache zu tun hatte.

»Wie er wirkte?«, fragte Gertrud.

»Ja, ich meine, wie hat er reagiert, als Sie das mit Frau Freitag erzählt haben.«

Gertrud atmete tief durch. »Ich weiß nicht. Ich war doch noch viel zu geschockt, um mich auch noch um Robert zu kümmern. Normal, denke ich. Ja, er hat normal reagiert. Er fragte mich, was los sei.«

»Er hat also nicht sofort nach Frau Freitag gefragt?«

»Nein, warum sollte er das tun? Er konnte ja nicht wissen, dass ich sie tot in ihrem Zimmer gefunden hatte.«

Tja, das hoffte Eva inständig.

»Sie haben recht«, sagte sie. »Und als sie ihm alles erzählt hatten, was ist dann passiert?«

»Dann hat er mich gefragt, ob ich das Zimmer wieder zugemacht hätte, und hat anschließend sofort den Chef angerufen. Und dann Sie.«

»Gut«, sagte Eva. »Und angefasst haben Sie die Tote nicht?«

Gertrud riss die Augen auf. »Nein, um Himmels willen ...«

Das war natürlich nur zu verständlich. Doch was war, wenn Claire Freitag da noch gelebt hatte? Sie hoffte inständig für Gertrud, dass Ole feststellte, dass sie schon früher gestorben war.

Sie entließ die Zeugin und bat sie, für weitere Fragen zur Verfügung zu stehen, falls es nötig war.

Jetzt saß Eva alleine in dem Raum. Die Hitze hier drin kam ihr plötzlich unerträglich vor.

Als sie ins Foyer trat, sah sie gerade noch, wie man den Zinksarg mit Claire Freitag nach draußen trug.

Ole kam gerade aus dem Aufzug, und als er sie sah, machte er ihr ein Zeichen. »Eva, das musst du dir ansehen.«

Sie war in wenigen Schritten bei ihm. »Was ist denn?«

Ole zog einen Plastikbeutel aus der Jacke, in dem ein Zettel steckte.

»Den haben wir unter dem Kopfkissen gefunden.« Er hielt ihr den Beutel hin, so dass sie lesen konnte, was darauf stand.

»Stirb leise?«, las Eva fragend. »Was hat das zu bedeuten?«

»Tja, keine Ahnung. Aber ich bin mir ziemlich sicher, dass das vom Täter stammt.«

»Ganz bestimmt. Und sonst war da nichts?«

»Du meinst, noch mehr Text?«

Eva nickte.

»Nein, es war nur dieser eine Zettel.«

»Merkwürdig. Was kann das zu bedeuten haben?«

»Ich vermute, dass es mit der Art der Ermordung zu tun hat«, meinte Ole. »Wenn ich jemandem einen

Plastiksack über den Kopf ziehe, dann ist es wohl ein leiser Erstickungstod.«

Eva sah ihn nachdenklich an. »Das könnte stimmen«, meinte sie. »Bitte lasse mir deinen Bericht so schnell wie möglich zukommen. Vielleicht gibt es irgendwelche Spuren, auch auf dem Zettel, die mir weiterhelfen können.«

»Klar, mach ich natürlich. Aber in der Regel sind die Täter ja nicht so dumm.«

»Das stimmt sicher. Aber er ist mit der Hand geschrieben. Ich meine, diese zwei Worte ...«.

»Und die drei Punkte«, bemerkte Ole. »Dafür hat's dann auch wohl noch gereicht.«

»Diese Punkte geben dem Ganzen etwas Endloses, ob das etwas zu bedeuten hat?«

»Darüber musst du dir den Kopf zerbrechen, liebe Eva. Ich muss jetzt nach Oldenburg. Umso eher hast du den Bericht.«

Sie verabschiedeten sich und Ole ging.

Leises Herantasten

Eva hatte sich in den nächsten Stunden mit den vielen Gästen und den Angestellten des Hotels unterhalten. Jeder war entsetzt über die Tote, aber niemand konnte etwas Konkretes zu ihr beitragen.

Es waren überwiegend die Männer, die sich an die junge Frau erinnerten. Doch sie konnten nicht genau sagen, wann und wo sie sie zuletzt gesehen hatten. Und vor allem, mit wem. Denn das interessierte Eva am meisten. Zu wem hatte Claire Freitag, die alleine in einem Doppelzimmer Urlaub auf Langeoog gemacht hatte, Kontakt gehabt? Außer zu Robert.

Es lag ihr schwer im Magen, dass ausgerechnet er engeren Kontakt zu dem Opfer gehabt hatte. Das jedenfalls hatte Gertrud erwähnt. Sie hatte es bisher nicht geschafft, ihn dazu zu befragen. Wie sollte sie ihren eigenen Pflegebruder verhören? Zumal er ihr auch noch geholfen hatte, ihre Mutter zu finden. Es fühlte sich einfach falsch an. Und bestimmt hatte Robert nicht das Geringste mit der Sache zu tun. Sicher, er hatte sich mit Claire unterhalten. Warum auch nicht? Schließlich arbeitete er ja an der Hotelbar. Sie verbot es sich schlichtweg, den Gedanken weiterzuspinnen, was über einem harmlosen Gespräch hinaus Robert und Claire verbunden haben mochte.

Und so war sie wie eine Katze um den heißen Brei um die drängendsten Fragen, die sie Robert stellen musste, herumgeschlichen. Und komischerweise hatte sie ihn auch nicht wiedergesehen, seitdem er sie mit Gertrud in dem Zimmer alleine gelassen hatte. Wo war Robert eigentlich?

Doch sie machte sich was vor. Hätte sie ihn sprechen wollen, es hätte schon einen Weg gegeben. Und jetzt konnte sie davor nicht mehr davonlaufen.

Die Hotellobby leerte sich langsam. Die Menschen wandten sich jetzt wieder ihrem eigentlichen Urlaub zu. Das Zimmer, in dem Claire Freitag gefunden worden war, blieb versiegelt.

»Wissen Sie, wo Robert ist?«, fragte sie die junge Frau am Empfang.

»Hm ... ich habe ihn schon eine Weile nicht mehr gesehen. Vielleicht hat er sich hingelegt. Er hat heute wieder Nachtschicht, soweit ich weiß.«

»Ja, das könnte sein. Wenn Sie ihn sehen, würden Sie ihm dann sagen, dass ich ihn unbedingt sprechen muss.«

»Klar, mache ich gerne. Sagen Sie mal, wissen Sie schon, wer diese Frau ermordet hat?« Jetzt flüsterte sie fast.

»Nein, so schnell geht das leider nicht.«

»Es ist so schrecklich, dass das ausgerechnet in unserem Hotel passieren muss. Unser Chef hat schon gesagt, dass es uns mindestens zwanzig Prozent an Einnahmen kosten wird.«

Tja, so konnte man das Ganze natürlich auch sehen, dachte Eva. Als einfache Rechenaufgabe, wenn eine Frau ermordet wurde.

»Ach«, sagte sie, »es kann doch auch sein, dass die Menschen gerade in ein Hotel gehen, in dem mal so richtig was los ist.«

Dann drehte sie sich um, und ging.

Und so sah sie auch nicht, wie die Angestellte das Gesicht verzog und ihrem Kollegen, der gerade das Gepäck von neuen Gästen hereinbrachte, ein Zeichen machte, das so viel bedeutete, als dass mit Eva wohl etwas im Oberstübchen nicht in Ordnung war.

Als Eva in der Dienststelle ankam, schloss sie schnell die Tür hinter sich. Endlich war es wieder ruhig um sie herum. Sie hatte Durst. Doch sie mochte jetzt keinen Kaffee, sondern nahm sich eine Flasche Wasser aus dem kleinen Kühlschrank, mit der sie sich zuerst an der Stirn entlangfuhr. Die Abkühlung tat ihr gut. Sie setzte sich an ihren Schreibtisch und schraubte den Deckel ab und nahm einen großen Schluck direkt aus der Flasche.

Sie sah die großen weit aufgerissenen Augen von Claire vor sich. Hatte sie ihren Mörder gesehen? Wollte dieser es vielleicht sogar? War es jemand, der noch eine Rechnung mit ihr offen hatte? Es gab so viele Fragen und Eva fuhr jetzt den Rechner hoch, um alles über Claire in Erfahrung zu bringen.

Claire Freitag hatte in einem Call-Center einer großen Versicherung gearbeitet. Sie war Single und liebte Katzen. Das jedenfalls erfuhr Eva als Erstes auf ihrem Facebook-Profil, auf dem sie sich als Achtundzwanzigjährige ausgegeben hatte. Sie hatte über dreitausend Freunde. Eva fragte sich, wie diese wohl auf die Nachricht reagieren würden, dass ihre Freundin ermordet worden war. Heutzutage lief ja nichts mehr ohne diese sogenannten sozialen Netzwerke. Doch Eva bezweifelte, dass das Ganze etwas mit dem Wort sozial im herkömmlichen Sinne zu tun hatte. Sie selber hatte nie Interesse daran gehabt, sich dort anzumelden. Alleine wegen etwaiger Ermittlungsarbeiten hatte sie sich als »Rosi Nante« angemeldet, damit sie über alles informiert blieb, wenn es sein musste. Und heute musste es sein.

Auf Claires Seite gab es viele Bilder von Katzen. Doch irgendwo hatte sie geschrieben, dass sie selber leider keine habe, weil sie so viel arbeiten musste. Und dort stand auch, dass sie aber bald etwas daran ändern würde. Mehr wollte sie noch nicht verraten, hatte sie am vierten Mai geschrieben. Eva notierte sich dieses Datum. Es könnte wichtig werden für die Ermittlungen. Denn offensichtlich hatte es an diesem Tag eine wichtige Information für Claire gegeben. Eine, die ihre Lebenssituation offensichtlich ändern würde. Ob sie einen neuen Job gefunden hatte, bei dem sie mehr Zeit für eine Katze haben würde? Wollte sie vielleicht sogar heiraten und Kinder kriegen? Möglich war alles. Und da Menschen wohl das Bedürfnis hatten, alles mit der ganzen Welt zu teilen, las Eva noch ein wenig mehr in ihrem Profil weiter. Doch es wurde nichts mehr zu Katzen oder anderen Veränderungen erwähnt in der Folgezeit. Den letzten Eintrag hatte Claire auf der Insel gemacht vor zwei Tagen. Sie hatte ein schönes Bild vom Sonnenuntergang am Strand von Langeoog aufgenommen und dazu geschrieben, dass es nichts Schöneres gebe, als aufs Meer zu sehen und von einer schönen Zukunft zu träumen.

Ja, geträumt hatte Claire wirklich sehr oft. Es gab viele Sehnsuchtsbilder und Sprüche in ihrer Timeline. Am liebsten hatte sie Sonnenauf- oder Untergänge gepostet und geteilt.

Ihr Profilbild war erfrischend. Sie lachte und ihre rote Mähne wehte um ihr Gesicht. Die großen blauen Augen sahen offen und ehrlich aus. Und so war es auch nicht verwunderlich, dass gerade Männer oft ihre Posts reagierten und diese likten und kommentierten. Doch es gab auch viele Frauen, mit denen Claire in Kontakt blieb.

Mit anderen zusammen war sie aber nur selten auf Fotos zu sehen. Meistens hatte sie Selfies hochgeladen, die sie in Alltagssituationen zeigten. Mal kaufte sie ein Buch, mal Schuhe. Sie schien ein wirklich offener und fröhlicher Mensch gewesen zu sein.

Eva notierte sich noch den Namen der Firma, für die sie gearbeitet hatte, und meldete sich dann bei Facebook ab.

Dann checkte sie ihre Mails. Von Ole war noch nichts gekommen. Das wäre ja auch wirklich ein bisschen viel verlangt.

Also glich sie noch einmal die Adresse von Claire Freitag ab. Sie stimmte mit der im Ausweis überein. Sie war alleine in der Wohnung gemeldet. Doch es wäre natürlich durchaus möglich, dass sie einen Partner gehabt hatte, der dort ein und aus gegangen war. Sie würde nach Oberhausen müssen. Egal, ob Jürgen nun da war, oder nicht. Und wenn sie ehrlich war, dann genoss sie genau diesen Moment, wo sie endlich einmal in Ruhe ermitteln konnte.

Sie biss sich auf die Unterlippe bei diesem Gedanken. Sie kam sich irgendwie gemein vor. Er hatte es doch immer nur gut gemeint. Aber letztlich hatte er sie auch oft von ihren Gedankengängen abgebracht, wenn sie ehrlich war. Und natürlich würde sie alleine nach Oberhausen fahren können. Es war schon komisch gewesen, als Ole sie das vorhin allen Ernstes gefragt hatte. Sie war sich wie eine Behinderte vorgekommen. Eine Frau, die alleine nichts auf die Reihe kriegte. Und so war sie eigentlich gar nicht. Sie hatte über vierzig Jahre alles ganz gut alleine geschafft, bevor Jürgen ihr praktisch das Ruder aus der Hand genommen hatte. Ja, genauso könnte man es ausdrücken. Immer musste er sich einmischen, zu allem seinen Senf dazugeben. Und schon wieder fühlte sie sich schuldig, als sie das dachte.

Doch sie würde mit ihm reden, wenn er wieder auf die Insel kam.

Ihr Handy, das auf dem Schreibtisch lag, klingelte und riss sie aus ihren Gedanken.

»Ja, Eva hier.«

»Hier ist Robert«, kam es vom anderen Ende. »Du hast nach mir gefragt, habe ich gehört.«

»Oh Robert, ja, das ist richtig. Würde es dir etwas ausmachen, eben kurz in die Dienststelle zu kommen?«

»Nein, natürlich nicht. Bis meine Schicht anfängt, dauert es ja noch ein Weilchen. Aber worum geht es denn?«

»Das würde ich gerne persönlich mit dir besprechen. Bring uns doch ein Stück Kuchen mit, dann mache ich einen Kaffee.«

»Sahneteilchen oder lieber fruchtig?«

»Hm ... ich nehme heute mal Sahne«, sagte Eva und legte lachend auf.

Dann setzte sie den Kaffee an und stellte die Tür weit auf. Es war ihr immer noch viel zu warm, doch es war ein Wind aufgekommen, der sanft um ihr Gesicht spielte. Vielleicht würde sie später noch einen Spaziergang am Strand entlang machen, dachte sie, und setzte sich wieder an ihren Schreibtisch.

Sie wählte die Nummer von Marlene und Wilfried Freitag in Essen. Es waren die Eltern von Claire.

»Freitag«, meldete sich nach dreimaligen Klingeln eine Frauenstimme, die noch gar nicht so alt klang.

»Hallo, hier spricht Eva Sturm. Ich bin Polizistin auf Langeoog.«

Auf der anderen Seite ging ein erster Schrecken durch den Hörer. So war das wohl immer, wenn die Polizei anrief. Es wurden einem automatisch die Knie weich.

»Ist was mit Claire?«, fragte die Frau dann auch ohne weitere Umschweife.

»Sie wissen also, dass Ihre Tochter auf Langeoog ist?«

»Natürlich weiß ich das«, fuhr die Frau fort. »Wir haben doch Claires Wohnungsschlüssel, falls was ist.« Ihre Stimme klang jetzt furchtbar ängstlich, fast so, als wollte sie jetzt gar nicht mehr zuhören und hätte am liebsten aufgelegt. Wie sagte man so einer Frau am Telefon, dass die Tochter brutal ermordet worden war? Eva schwitzte schon wieder.

»Hören Sie, Frau Freitag, es tut mir furchtbar leid, dass ich Ihnen mitteilen muss, dass man Ihre Tochter heute Morgen tot in ihrem Hotelzimmer aufgefunden hat.«

Vom anderen Ende kam nichts mehr. Dann polterte es und ein Mann rief laut: »Marlene, um Gottes willen, was ist passiert?«

Eva hörte, wie der Mann sich um Marlene kümmerte. Er sagte immer wieder ihren Namen und sie antwortete auch kurz darauf wieder, indem sie immer wieder Claires Namen sagte und weinte. Dann nahm der Mann offensichtlich den Hörer in die Hand.

»Hallo? Wer ist denn da?«, fragte er.

Eva wiederholte, was sie eben schon gesagt hatte.

»Nein«, jammerte er. »Nicht unsere Claire.« Dann weinte auch er und sagte wieder etwas zu seiner Frau. Sie war wieder aufgestanden und er bat sie, ins Wohnzimmer zu gehen. Er würde gleich mit einem Tee nachkommen.

»Hören Sie, ich muss mich jetzt um meine Frau kümmern«, sagte Wilfried Freitag. »Sie wird nie darüber hinwegkommen, dass Claire tot ist ... oh mein Gott, wie konnte das nur passieren?«

»Ich verstehe, dass Sie beide jetzt ein wenig Zeit für sich brauchen«, sagte Eva teilnahmsvoll. »Ich werde mich später noch einmal melden, wenn Ihnen das recht ist.«

»Sicher ... und sie ist ermordet worden?«, fragte er noch einmal nach.

»Ja, leider ...«

»Die Welt ist so schlecht ...«, hörte Eva noch. Dann wurde aufgelegt.

Ja, da hatte er wohl recht, dachte Eva und starrte auf ihr Telefon. Vielleicht wäre es doch besser gewesen, wenn sie die Kollegen in Essen gebeten hätte, die schreckliche Nachricht zu überbringen. Doch etwas in ihr hatte anders entschieden gehabt und nun war es eben so, wie es war. Sie legte das Telefon zur Seite und wischte sich mit dem

Handrücken über die Stirn. Ein Urlaub in der Sahara, das würde für sie niemals in Frage kommen.

»Hallo Eva«, Robert kam in Jeans und weißem Hemd durch die Tür und sah aus wie aus einem Werbefilm. Auch wenn er schon über fünfzig war, so hatte er keinen Bauchansatz und durch die leichten grauen Schläfen in dem braungebrannten Gesicht wäre er glatt für Mitte vierzig durchgegangen in diesem Moment.

»Du kommst wie gerufen«, sagte Eva. »Ich brauche jetzt Kalorien, die mich wieder ins Lot bringen. Der Kaffee ist auch schon durch.«

Sie stand auf und schenkte für beide einen Becher voll ein.

Robert wickelte das Papier auseinander und schob ihr das Sahnestück rüber. Eva gab ihm eine von den beiden Kuchengabeln und sie aßen direkt von dem Papptablet. Robert hatte sich ein Stück Erdbeerkuchen mitgebracht. Vielleicht erklärte das seine traumhafte Figur, dachte Eva, als sie sich mit der Zungenspitze die Sahne aus dem Mundwinkel leckte. Doch ihr waren ihre Rundungen im Moment völlig gleichgültig. Am Abend würde es eben wieder nur Salat geben. Und vielleicht verzichtete sie mal auf den Wein. Oder vielleicht auch nicht.

»Du hast alle Gäste und Angestellten befragt, habe ich gehört«, sagte Robert.

»Ja, das ist richtig. Deshalb habe ich dich auch hierher gebeten, weil ich dich vorhin aus den Augen verloren habe.«

»Ich hatte mich ein wenig hingelegt. An dich war ja nicht mehr ranzukommen, sonst hätte ich dir Bescheid gesagt.«

»Schon okay. Aber ich brauche deine Aussage natürlich auch.« Sie vermied es, ihm ins Gesicht zu sehen. Ob er wohl freiwillig davon erzählte, dass er Claire näher gekannt hatte?

»Na, dann frag mich doch einfach, was ich zur Tatzeit gemacht habe«, sagte Robert und suchte ihren Blick.

»Und? Was hast du gemacht?«, fragte Eva und sah ihn jetzt direkt an. »Es tut mir leid, ich muss dich das natürlich auch fragen, auch wenn ich weiß, dass du nichts mit der Sache zu tun hast.«

»Das verstehe ich doch«, wiegelte Robert ab. »Mach dir deswegen keine Gedanken. Schließlich ist der Mord in meinem Hotel passiert und ich gehöre zu den Angestellten. Also, ich habe zur Tatzeit vermutlich hinter der Bar gestanden.«

»Vermutlich?«

»Na ja, ich weiß ja nicht genau, wann der Mord passiert ist. Aber ich nehme an, dass es nachts war. Und ich hatte Nachtschicht.«

Klar, da hatte er natürlich recht. Den genauen Todeszeitpunkt gab es noch nicht. Und richtig war auch, dass es mit höchster Wahrscheinlichkeit in der letzten Nacht passiert war. Doch konnte man nicht auch für einen kurzen Augenblick unbeobachtet hinter dem Bartresen verschwinden, wenn die Gäste weniger wurden?

»Du hast recht. Ole Meemken hat mir seinen Bericht noch nicht geschickt. Aber bestimmt war es irgendwann in der Nacht, als man Claire getötet hat. Hast du sie eigentlich näher gekannt?«

Eva war gespannt auf seine Antwort und stierte ihn geradezu an. Seine Augen verrieten jedenfalls keine Unsicherheit.

»Gekannt ist sicher übertrieben«, antwortete Robert, ohne zu zögern. »Ich habe mich mit ihr unterhalten. Sie war nett.«

»Unterhalten? Wann und worüber?«

»Na, in der Bar. Sie sagte, sie reise alleine und so kamen wir ins Gespräch.«

»Gestern auch?«

»Nein, gestern nicht. Oder besser gesagt, sie war nur kurz in der Bar.«

»Warum? War sie verabredet?«

»Das weiß ich nicht. Sie hat sich nur einen Martini bestellt, den praktisch in Windeseile getrunken und dann ist sie lachend gegangen. Ich denke schon, dass sie jemanden treffen wollte. Aber sie hat mir nicht gesagt, wer es ist.«

»Hm ... das klingt ganz danach, als wollte sie sich mit einem Mann treffen.«

»Ja, das habe ich auch gedacht. Aber natürlich habe ich nicht nachgefragt. Sie war Gast unseres Hauses.«

»Und wäre sie das nicht, dann hättest du dich mehr für sie interessiert?«

Robert sah sie stirnrunzelnd an.

»Wieso fragst du das mit so einem merkwürdigen Unterton?«

»Irgendwie steckte das in deiner Antwort mit drin, sorry. Es ist für mich auch nicht leicht, dich zu befragen. Aber ich muss.«

»Nun ja, Claire Freitag war sehr attraktiv, das weißt du ja. Und ich bin auch nur ein Mann.«

»Robert, es tut mir leid, dass ich dir so blöde Fragen stellen muss, wirklich. Aber es würde komisch aussehen, wenn ich alle Angestellten befrage und dich nicht.«

»Ist ja schon gut. Ich sage ja auch alles, was ich weiß.« Robert legte seine Kuchengabel weg, obwohl er sein Stück noch nicht ganz aufhatte.

»Hat es dir den Appetit verschlagen? Das tut mir leid.«

»Nein, es ist wohl einfach zu heiß heute«, antwortete er.

»Ja, das stimmt. Einfach unerträglich. Ich glaube, ich mache später noch einen Spaziergang am Strand, um mich zu erfrischen.«

»Das ist bestimmt eine gute Idee. Wenn es noch vor meinem Dienstbeginn in der Bar ist, komme ich gerne mit.«

»Mal gucken. Ich schreibe dir dann eine SMS, wenn ich tatsächlich losgehe. Ich habe eben übrigens bei den Eltern von Claire angerufen.«

»Sie erfahren per Telefon, dass ihre Tochter tot ist?«, fragte Robert und sah Eva ungläubig an.

»Du hast recht, schön war das nicht. Aber irgendwie hatte ich das Bedürfnis, es ihnen als Erste zu sagen. Normalerweise lässt man das die Kollegen vor Ort persönlich erledigen, da hast du recht.«

»Und wie haben sie reagiert?«

»Ich glaube, die Mutter, die ich als Erstes am Telefon hatte, ist in Ohnmacht gefallen. Ihr Mann hat ihr geholfen. Ich habe dann auch noch mit ihm gesprochen, aber nur kurz. Ich werde in den nächsten Tagen mal da runterfahren. Ich muss mit ihnen sprechen und mir natürlich auch Claires Wohnung ansehen.«

»Wohnen die Eltern denn auch in Oberhausen?«

Woher wusste er das?

»Nein, sie wohnen in Essen. Aber woher wusstest du, dass Claire aus Oberhausen war? Da habt ihr euch dann doch wohl schon ein bisschen mehr unterhalten, würde ich sagen.«

»Ach Gott, man fragt die Gäste nun mal, wo sie herkommen. Das ist völlig normal. Vor allem, weil einen jeder beneidet, dass man auf so einer schönen Insel lebt. Meistens lasse ich die Gäste in dem Glauben. Schließlich geht es sie nichts an, wo ich wohne.«

Irgendwie war die Stimmung zwischen ihnen gestört, fand Eva.

»Tja, aber Urlauber öffnen einem immer ihr ganzes Herz, das kenne ich«, sagte sie. »So jetzt habe ich alle Kalorien aufgenommen. Jetzt kann ich weiterarbeiten«, sie schob den Kuchen beiseite.

»Ich geh dann mal wieder los. Oder wolltest du noch etwas fragen?« Robert stand bereits vom Stuhl auf.

»Nein, im Moment nicht«, sagte Eva. »Und wie gesagt, ich schreibe dir, wenn ich tatsächlich noch an den Strand gehe.«

»Ist in Ordnung. Bis später.«

Robert verließ die Dienststelle und ließ die Tür offen stehen.

Eva sah ihm durch das Fenster nach. Irgendwie beschlich sie eine Ahnung, dass er ihr nicht alles gesagt hatte.

Der Bericht

Eva war alleine an den Strand gegangen, da war es schon nach zwanzig Uhr gewesen. Sie hatte sich vorher zuhause einen Salat gemacht und einen Pinot Grigio dazu getrunken.

Etwas in ihr wollte dann auch weiter alleine sein. Und so war sie in ihre Sandalen geschlüpft, hatte sich ein Sweatshirt übergezogen und war losgelaufen.

Die Luft war herrlich und es waren einige am Strand unterwegs. Aber eben nicht so viele wie tagsüber, so dass man sich bequem aus dem Weg gehen konnte. Und vor allem keine Kinder mehr, dachte sie. In letzter Zeit gingen ihr diese besonders auf die Nerven und sie konnte gar nicht sagen, warum eigentlich. Bisher waren ihr Kinder egal gewesen. Doch jetzt hörte sie überall nur noch Kinderstimmen, wenn sie vor die Tür ging. Ob das mit ihrer Mutter zu tun hatte und sie oft in ihrer eigenen Vergangenheit nach Antworten suchte? Manchmal wusste sie gar nicht mehr genau, wie sie eigentlich als Kind ausgesehen hatte. Auch ihre Mutter hatte nur noch wenige Bilder von ihr gehabt. Und da war sie sehr klein gewesen. Ihr fehlte die Zeit zwischen dem vierten oder fünften Lebensjahr bis zum Eintritt in die Pubertät auf ominöse

Weise. Doch sie wusste, dass sie gerade diese Jahre besonders gerne ausblendete, weil sie von einer Pflegefamilie in die nächste gereicht worden war. Wer erinnerte sich schon gerne daran? Am liebsten hätte sie in der Zeit gar nicht existiert. Und deshalb waren auch wohl die Erinnerungen daran komplett ausgeblendet, wenn sie versuchte, sich daran zu erinnern.

Sie war jetzt schon eine Stunde gelaufen und versank immer mehr in ihren Gedanken. Die Luft war noch warm und streichelte ihre Haut. Sie hatte die Sandalen ausgezogen und lief jetzt barfuß im Sand. So langsam kam das Gefühl wieder hoch, als sie hier in Langeoog angekommen war vor über drei Jahren. Auch da war sie alleine am Strand unterwegs gewesen. Sie hatte im Sand gesessen und einen goldenen Ring gefunden. Es fühlte sich an, als sei das alles schon eine Ewigkeit her.

Eva bekam Lust, es genauso wie damals zu machen. Sie sah sich kurz um, ob jemand sie beobachtete und dann ließ sie sich in den Sand fallen. Sie lag auf dem Rücken und streckte sie Arme aus. Sie griff zu, egal wohin. Es fühlte sich so frei und gut an. Dazu rauschte das Meer, es roch salzig. Sie war frei. Und in diesem Moment wurde es ihr klar, dass es mit Jürgen vorbei war.

Eva sah in den Himmel und versuchte, sich die Situation vorzustellen, wo sie es ihm sagen würde. Wenn er wieder auf der Insel war, dann würde er bestimmt als Erstes zu ihr kommen. Aber stimmte das wirklich? Er meldete sich doch gar nicht mehr. Gab es vielleicht auch auf seiner Seite Zweifel daran, dass sie füreinander bestimmt waren? Irgendwie hoffte sie, dass das der Grund für sein Schweigen war. Es würde die Sache für sie beide leichter machen.

Sie setzte sich auf und sah einfach nur ins Leere. Dabei schaukelten die Wellen auf und ab. Ja, es tat auch schon ein bisschen weh, dass sie Jürgen nicht mehr liebte. Vielleicht war es niemals Liebe gewesen. Sie konnte es nicht sagen. Doch ihr Herz sagte ihr jetzt eindeutig, dass Jürgen darin keinen festen Platz mehr hatte. Und sie würde es ihm sagen müssen. Bald.

Dann surrte ihr Handy. Sie hatte eine Nachricht bekommen. Mittlerweile hatte sie auch so ein hochmodernes Smartphone, mit dem sie weiß Gott was machen konnte. Sie würde niemals durchsteigen, was das Ding die ganze Zeit von ihr wollte. Und jetzt war in ihrem Büro eine E-Mail von Ole eingegangen, die im Betreff die Worte »Bericht zu Claire Freitag« trug.

Eva hatte keine Lust, den Bericht jetzt hier am Strand auf dem kleinen Display zu lesen. Also stand sie auf, um in die Dienststelle zu gehen.

Dort was es mittlerweile angenehm kühl und sie machte zusätzlich noch das Fenster auf. Vielleicht sollte man im Sommer nur abends arbeiten.

Sie fuhr den Rechner hoch und öffnete neugierig Oles Mail.

Als sie zu Ende gelesen hatte, wurden im Großen und Ganzen die Dinge bestätigt, von denen sie bereits ausgegangen war. Claire war in der Nacht gestorben, bevor man sie fand. Und sie wurde erstickt mit dieser Plastiktüte. Ole hatte auch Anzeichen dafür entdeckt, dass man ihre Hände vorher auf dem Rücken zusammengebunden haben musste. Auch an den Fußgelenken gab es Hinweise. Sie hatte sich nicht wehren können. Fraglich war jetzt nur, wie es dem Täter gelungen war, sie ohne große Gegenwehr in diese abhängige Position zu bringen. Lag es am Alkohol? Denn sie musste eine Menge Wein getrunken haben. Das hatte Ole anhand des Mageninhalts feststellen können. Der Blutalkoholwert lag bei der Obduktion bei über eineinhalb Promille.

Das könnte ein Grund sein, warum sie vielleicht am Anfang gar nicht mitbekommen hatte, was der Täter mit ihr vorhatte. Gehörte das Ganze vielleicht sogar zu einem Liebesspiel? Hatte sie sich fesseln lassen in Erwartung unendlicher Ekstase? Das wäre auf jeden Fall eine plausible Erklärung. Denn Ole hatte auch Spermaspuren entdeckt. Claire hatte vor ihrem Tod Sex gehabt. Und da es auf einer Insel war, musste Eva schnell handeln. In ihrem Kopf bauten sich bereits Szenarien auf, wie sämtliche Männer, die zu der besagten Zeit auf der Insel waren beziehungsweise auch jetzt noch hier waren, zu einem Speicheltest antraten. Genau das musste jetzt passieren. Dann hatten sie den Täter schneller als geahnt.

Eva sah auf die Uhr. Gleich war es zehn. Es würde keinen Sinn mehr machen, die Aktion jetzt noch zu starten. Allerdings sollte es spätestens morgen früh losgehen. Und zwar im Hotel, wo Claire gewohnt hatte.

Also schrieb Eva eine Antwortmail an Ole, in der sie sich bedankte, dass es wieder einmal so schnell mit dem Bericht geklappt hatte. Und sie bat ihn, für morgen früh ein Team zu mobilisieren, das die Speichelproben abnahm.

Die Antwort von Ole kam prompt. Er hatte auch wohl noch genauso wie sie am Rechner gesessen, denn er schrieb zurück, dass er bereits alles in die Wege geleitet hätte, weil er sich nicht sicher war, dass sie die Mail noch am selben Abend lesen würde. Er sah es wie sie, dass man keine unnötige Zeit verstreichen lassen durfte. Das Team würde sich gleich morgen um sechs Uhr auf den Weg machen, damit man auch die Abreisenden noch erwischte.

Ole dachte wirklich an alles. Sie schrieb mit einem Smiley zurück und bedankte sich nochmal.

Dann las sie auch den Rest des Berichts und stutzte.

Claire hatte abgetrieben. Und das war noch gar nicht so lange her. Höchstens vier Wochen.

Na, die hatte wohl Nerven, dachte Eva. Und schon war sie mit dem nächstbesten Mann auf Langeoog wieder ins Bett gesprungen.

Es wurde jetzt wichtig, dass sie umgehend mit den Eltern sprach. Und mit den Nachbarn in Oberhausen.

Vielleicht war es das gewesen, was Claire in ihrem Post gemeint hatte, als sie von großen Veränderungen in ihrem Leben gesprochen hatte. Aber schrieb man so fröhlich von einer bevorstehenden Abtreibung? Ganz bestimmt nicht. Die Sache wurde immer interessanter. Eva beschloss, gleich am nächsten Morgen nach Essen aufzubrechen.

Sie druckte sich den Bericht aus, um ihn mit in ihre Wohnung zu nehmen. Genauso wie die Fotos, die mitgeschickt worden waren.

Claire Freitag war schön gewesen. Ole hatte sie ohne Plastiksack über dem Kopf fotografiert. Ihre Gesichtszüge waren harmonisch und ihre Haut wirkte durchscheinend wie feines Porzellan. Es war ein Jammer, dass sie jetzt nicht die Augen aufschlug, dachte Eva. Die großen blauen Augen mit der Tiefe des Ozeans. Sicher hatte sie vielen Männern den Kopf verdreht. Und das war ja auch ihr gutes Recht gewesen. Sie war jung und ungebunden.

Und doch hatte es in Claires Leben wohl so manches Geheimnis gegeben, wie ebendiese Abtreibung. Eva konnte sich nicht helfen, aber sie fand, dass Claire viel zu unschuldig aussah für eine Abtreibung, so merkwürdig das auch klingen mochte. Sie stellte sich Frauen, die so etwas taten, einfach herber vor.

Als sie wieder auf die Uhr sah, war es fast halb zwölf. Sie fuhr den Rechner runter und machte sich auf den Weg. Morgen würde ein anstrengender Tag werden.

Richtung Ruhrpott

Eva hatte sich, als sie schließlich um kurz nach Mitternacht nach Hause gekommen war, noch einen Weißwein eingeschenkt und war damit ins Bett gegangen.

Weil sie nicht hatte einschlafen können, war sie schließlich noch einmal in die Küche gegangen und hatte sich die Fotos von Claire und den Bericht ins Bett geholt.

Als sie jetzt aufwachte, lagen die Fotos verstreut auf ihrer Bettdecke. Eva erschrak im ersten Moment, als sie das weiße tote Gesicht sah. Sie setzte sich auf und starrte auf die Bilder. Der Bericht lag auf dem zweiten Kissen, auf dem sonst der Kopf von Jürgen lag, wenn er hier übernachtete. Doch das würde nie mehr passieren.

Eva schob die Bettdecke zur Seite und die Bilder verschwanden teilweise darunter.

Sie brauchte jetzt eine lange heiße Dusche, um zu sich zu kommen. Sie hatte zwar keine Kopfschmerzen, fühlte sich aber dennoch verkatert. Vielleicht waren fünf Stunden Schlaf einfach zu wenig.

Als sie mit noch nassen Haaren und einem Jogginganzug in die Küche ging, um sich einen Kaffee anzusetzen, ging es ihr schon besser. Sie genoss die Ruhe und sah aus dem Fenster. Das satte Grün, der helle Sand und der strahlendblaue Himmel. Fast sah es aus wie im Märchenbuch, dachte sie. Und doch konnte dieser Ort nicht nur schön sein, denn es wurden immer wieder Menschen getötet. Eigentlich genau wie im Märchen. Und somit passte es schon wieder.

Eva holte sich die Zeitung und die Post von gestern. Es war nichts Wichtiges darunter.

Sie beschränkte sich auf ihren Kaffee und ging damit und mit der Zeitung nach draußen auf ihre kleine Terrasse.

Der Journalist hatte sich diesmal sehr zurückgehalten, fand sie. Es stand nicht viel mehr da, als dass man eine tote Frau in einem Hotel gefunden hatte. Er hatte nicht mal den kompletten Namen des Hotels erwähnt, sondern nur von in der Nähe vom Strand gesprochen. Sicher aus Rücksicht auf Anzeigenkunden, dachte sie. Und vielleicht auch, um das Geschäft für den Pechvogel nicht noch weiter zu ruinieren in diesem Sommer. Denn es hatten tatsächlich einige Gäste, die mit Kindern reisten, spontan die Flucht ergriffen, als Eva sie befragt und ihre Erlaubnis gegeben hatte.

Jetzt wurde es langsam Zeit, dass sie sich auf den Weg machte. Die erste Fähre legte in einer halben Stunde ab und sie wollte sie erreichen.

Als sie später oben an Deck saß, rief sie bei der Autovermietung an und bestellte einen Mittelklassewagen zum Anleger in Bensersiel. Natürlich hätte sie auch die Kollegen in Wittmund anrufen können. Doch die würden nur unnötige Fragen stellen, wo sie doch bisher immer ohne Dienstwagen ausgekommen war. Und sicher war auch bis dahin schon durchgesickert, dass Eva nirgendwo mehr alleine hinfand, sondern immer einen adretten Ostfriesen bei sich hatte, der sie auf Schritt und Tritt begleitete. Auch das würde eine gewisse Gewöhnungsphase brauchen, bis sie sich abgenabelt hatte, dachte sie. Aber auf jeden Fall würde sie regelmäßig bei Jürgen in der Touristinfo vorbeischauen und ihn auf dem Laufenden halten über Mord und Totschlag. Sie musste schmunzeln bei dem Gedanken. Nein, sie wollte Jürgen als Freund nicht verlieren, dafür hatte sie sich viel zu sehr an seine manchmal trockenen Kommentare gewöhnt. Er würde immer in ihrem Herzen bleiben, er gehörte einfach zu ihrem Leben. Würde ihm das Herz brechen, wenn sie ihm ihre Gefühle offenbarte, wenn er zurückkam? Vielleicht. Und möglicherweise konnte er auch ganz gut damit umgehen. Er hatte sie und ihre Beweggründe doch immer mehr verstanden, desto länger sie sich kannten.

Doch sie konnte sich noch so gut zureden, während der Wind in ihren Locken wühlte, es würde hart werden, wenn sie Jürgen das nächste Mal traf.

Eva schüttelte die schweren Gedanken ab und schrieb eine SMS an Robert mit der Bitte, ab und an den AB in der Dienststelle abzuhören. Sie hatte wieder mal vergessen, das Telefon umzustellen.

Und weil es noch ein wenig dauern würde, bis sie in Bensersiel anlegten, öffnete sie einige Anwendungen in ihrem Smartphone. Es ging ums Abnehmen, gutes Sehen und Restaurants in der Nähe. Nichts, was sie im Moment brauchen konnte. Dann lud sie sich die Facebook-App herunter. Vielleicht gab es ja Neuigkeiten auf Claires Account. Möglicherweise fand sie unter den vielen Freunden auch den Mann, von dem Claire ein Kind erwartet hatte. Es würde viel Mühe machen, all diese Identitäten zu durchstöbern. Und sicher waren auch viele dabei, die gar nicht ihren richtigen Namen nutzten. Das soziale Netzwerk war ein Tummelplatz für Verbrecher geworden. Jedenfalls sah Eva es so. Sie sah, dass nach dem letzten Post vom Strand vor ein paar Tagen nichts mehr in die Timeline gepostet worden war. Leider konnte sie die Nachrichten im Messenger nicht einsehen. Und sie ging nicht davon aus, dass die Eltern den Zugang zu Claires

Account kannten. Einzig in der Wohnung von ihr bestünde die Möglichkeit, diesen auf einer Notiz oder Ähnlichem zu entdecken.

Die Spurensicherung hatte mitgeteilt, dass das Handy von Claire nur wenig genutzt worden war. Oft hatte sie ihre Eltern damit angerufen oder auch Gespräche mit unbekannten Teilnehmern geführt. In der letzten Zeit hatten sich diese gehäuft. Doch es war bisher selbst modernster Technik nicht gelungen, den Anrufer zu identifizieren. Somit war es fraglich, ob es sich immer um ein und denselben gehandelt hatte.

Dann war da noch ein Mark gewesen, mit dem sie oft Kontakt gehabt hatte. Doch das hatte vor gut zwei Monaten aufgehört. Ob er der Vater des Kindes gewesen war, das Claire abgetrieben hatte? War sie von ihm dazu gezwungen worden? So etwas brachte eine Beziehung ganz sicher zum Scheitern. Eva wusste, dass es sich um Mark Schenkel handelte, der ebenfalls in Oberhausen wohnte. Gar nicht weit von Claires Wohnung entfernt. Auch ihm würde sie einen Besuch abstatten.

Endlich legte die Fähre an. Eva hatte um einen schnellen Wagen gebeten und stieg jetzt in einen BMW 320d. Das war schon etwas anderes als der alte Opel von

Klara. Sie würde in etwa dreieinhalb Stunden in Oberhausen sein.

Die Fahrt verlief überwiegend über die Autobahn, so dass Eva genügend Zeit für ihre Gedanken hatte. Ihr gefiel die Ruhe. Sie stellte nicht einmal das Radio ein, was Jürgen sonst immer brauchte beim Fahren. Ohne Musik könne er nicht denken, hatte er einmal gesagt und Eva hatte sich ihren Teil gedacht.

Sowieso gingen ihr immer öfter Gedanken durch den Kopf, wo sie und Jürgen nicht auf einer Linie waren. Warum hatte sie vorher eigentlich so vieles toleriert, was gar nicht zu ihr passte? Und da nannte man sie immer stur und mürrisch. Dabei hatte sie sich kaum durchgesetzt bei Jürgen. Vielleicht erklärte das sogar, warum sie immer so kratzbürstig erschienen war. Es passte ihr vieles nicht, aber sie sagte es nicht konkret.

Als sie vor dem Mehrfamilienhaus hielt, in dem Claires Wohnung war, wunderte sie sich, wo die Zeit geblieben war. Sie hatte von unterwegs einen Kollegen in Oberhausen gebeten, sich darum zu kümmern, dass sie in die Wohnung kam. Und tatsächlich stieg jetzt eine junge Beamtin aus dem Wagen, die sie wohl anhand des fremden Nummernschildes erkannt hatte.

Sie hatte sich einen Schlüssel vom zuständigen Hausmeister besorgt und schloss Eva auf.

»Danke, dass Sie sich darum gekümmert haben«, sagte Eva. »Ich gehe davon aus, dass die Polizei vor Ort auch schon in der Wohnung gewesen ist.«

Die Kollegin nickte. »Nur oberflächlich«, sagte sie. »Wir dachten, dass Sie das selber machen wollen.«

»Tatsächlich?«, fragte Eva erstaunt. »Aber gefunden habt ihr wohl nichts Auffälliges?«

»Nein, soweit ich weiß, nicht. Alles ist noch an seinem Platz. Wir haben eigentlich nur nach direkten Hinweisen auf Erpressung oder Ähnliches gesucht. Aber da war nichts.«

»Gut. Dann werde ich jetzt mal gucken, was ich finde. Vielen Dank für die Hilfe. Ich komme jetzt alleine zurecht.«

Die Kollegin verabschiedete sich mit dem Hinweis, dass Eva die Tür einfach hinter sich zuziehen könne, wenn sie fertig sei.

Eva wunderte sich über das Verhalten der hiesigen Polizei. War man hier derart unterbesetzt, dass man froh war, wenn andere die Arbeit machten?

Wie dem auch sei, ihr war es recht. Sie mochte es nicht, wenn andere vor ihr in Sachen herumschnüffelten, die für sie wichtig waren.

Die Wohnung war hell und freundlich eingerichtet. Das passte zu dem Bild, das Eva sich bisher von Claire gemacht hatte. Die Wände waren weiß gestrichen und die Möbel aus hellem Holz mit viel blauer Deko. Es wirkte frisch und lebendig. Außerdem war es ziemlich ordentlich und sauber. Nirgendwo lagen T-Shirts oder Socken herum. Das Bett war gemacht und in dem Wäschekorb lag nur ein Geschirrhandtuch. Claire hatte vor ihrer Reise wirklich alles weggeräumt. Vielleicht roch es deshalb auch so gut hier. Es war ein Duft irgendwo zwischen Wiesenblumen und Bergamotte. So etwas hätte ich auch gerne einmal, dachte Eva und seufzte. Bei ihr hing am nächsten Morgen immer ein Geruch nach altem Obst in den Laken, das irgendwo vor sich hinfaulte.

Sie ging ins Bad und suchte nach dem Parfum, das Claire benutzt hatte. Es war ein Gemisch aus Sandelholz und Zitrusfrüchten. Eva war kurz davor, es einzustecken, so gut gefiel es ihr. Sie zog ihr Handy aus der Tasche und machte ein Foto davon.

Auch hier im Bad war alles hell und farblich abgestimmt. Die ganze Wohnung versprühte pure Lebensfreude.

Und doch musste irgendwo etwas zu finden sein, dass Claire in einem anderen Licht zeigte, da war sich Eva sicher. Sie musste wieder an den Post auf Facebook denken, mit dem Claire angekündigt hatte, dass ihr Leben eine große Wende nehmen würde. Hoffentlich hatte sie nicht vorgehabt, nachlässiger zu werden, so wie sie. Doch das war natürlich Quatsch.

Eva ging ins Wohnzimmer, das auch wohl als Büro gedient hatte. Vor einem großen Fenster stand ein Schreibtisch mit einem Laptop. Eva startete ihn und kramte, während er hochfuhr, in den Schubladen herum. Darin lag alles fein säuberlich sortiert. Rechnungen, Briefe von Freundinnen und den Eltern und jede Menge Reiseprospekte.

Der Rechner war startklar und Eva setzte sich auf den Stuhl vor dem Schreibtisch. Die Daten waren nicht durch ein Passwort geschützt und so konnte Eva sich alles ansehen, angefangen von vielen Fotos bis hin zu gespeicherten Dateien. Claire war wohl viel gereist. Einmal war sie sogar mit einem Kamel auf einem Foto zu sehen. Am meisten war sie eindeutig mit Frauen unterwegs gewesen, bei denen Eva davon ausging, dass es sich um ihre Freundinnen handelte. Vereinzelt tauchten auch Männer auf. Ob einer davon dieser Mark Schenkel war? Nun, das würde sie gleich erfahren, wenn sie ihn im Anschluss aufsuchte. Wenn sie sich an das Bild auf Facebook zurückerinnerte, fand sie auf den ersten Blick jedenfalls keine Ähnlichkeiten.

Insgesamt schien es sich bei den Daten auf dem Rechner um Dinge zu handeln, die in Erinnerung bleiben sollten. Es war nichts dabei, was ihr besonderes Interesse weckte. Keine verschlüsselten Daten, keine Geheimnisse oder besondere Dokumente, die auf ein Leben abseits dieser ordnungsliebenden Claire hinwiesen. Sie hatte sogar die Laborwerte von Routineuntersuchungen bei Ärzten eingescannt und gesichert. Ob sie an einer schwereren Krankheit gelitten und jetzt kurz vor einem Genesungsprozess gestanden hatte? Das jedenfalls wäre ein Ereignis, dass eine große Wende im Leben bedeuten könnte. Eva notierte sich den Namen der Arztpraxis und fuhr den Rechner wieder herunter.

Es gab in der ganzen Wohnung keinen Hinweis auf Haustiere. War das nicht ungewöhnlich für eine junge alleinstehende Frau? Eva selbst hatte sich als kleines Mädchen immer einen Hund gewünscht. Doch wie sollte das gehen, wenn man nur in Pflegefamilien aufwuchs? Jetzt hatte sie den Wunsch danach schon lange begraben. Doch warum eigentlich? Auf der Insel in ihrer Wohnung wäre das doch jetzt möglich. Aber was war, wenn sie, wie jetzt, zu einem Tatort an Land fahren musste? Sie könnte den Hund mitnehmen. Sie stellte sich vor, wie er neben ihr auf dem Beifahrersitz saß und aus dem Fenster sah. Wenn, dann würde es ein mittelgroßer Hund werden.

Doch hier gab es nichts. Nicht mal eine Spinne oder Fliegendreck. War Claire ein kranker Putzteufel gewesen? Ein Wesenszug, der Eva gänzlich unerklärlich bleiben würde. Aber sie wollte auch nicht zu kleinlich sein. Wenn Claire in dem Callcenter arbeitete und viel verreiste, wo blieb denn da die Zeit für ein Haustier? Sie hatte ja offensichtlich noch nicht einmal Zeit für einen festen Partner gehabt. Oder ihr war der berühmte Mister Right einfach noch nicht über den Weg gelaufen. Oder stand er in den Startlöchern und sie hätte sich bald mit ihm eine gemeinsame Wohnung gesucht? Auch das konnte das einschneidende Erlebnis gewesen sein.

Eva war jetzt bereit, um zu Mark Schenkel zu fahren. Er wäre der mögliche Kandidat. Doch dann fiel ihr wieder ein, dass sie ja noch nach dem Kennwort für den Facebook-Account hatte suchen wollen. Schließlich waren gerade persönliche Nachrichten, an die sie so nicht ohne weiteres herankam, von entscheidender Bedeutung.

Also ging Eva nochmal zu dem Schreibtisch, wo sie Hinweise darauf vermutete. Doch sie fand nichts Entsprechendes. Wahrscheinlich hatte Claire neben ihrem Reinlichkeitswahn auch noch ein hervorragendes Gedächtnis gehabt und musste sich nichts notieren.

Eva ging noch einmal unmotiviert ins Schlafzimmer. Warum, das wusste sie gar nicht so genau. Doch sie hatte noch nicht in die Schränke dort gesehen. Im Kleiderschrank hing natürlich alles gut gebügelt und roch entsetzlich sauber und frisch. In der kleinen Kommode lagen die Seidenhemden und Spitzenunterwäsche fein säuberlich sortiert nach Farben. Natürlich. Als Eva die Hemden anhob, nur um an ihnen zu riechen, da fiel ihr etwas ins Auge, das nicht ins Bild passte. Ein hellblaues kleines Büchlein. Sie legte das Hemd zur Seite und nahm es heraus. Es war ein Mutterpass. Das war ja interessant. Warum versteckte eine Frau, die ihr Kind abgetrieben hatte, den dazugehörigen Mutterpass in ihrer Unterwäsche? Hatte Claire auch masochistische Züge gehabt? War das die dunkle Seite an ihr? Quälte sie sich damit, indem sie ab und zu hineinsah? Das wäre tatsächlich krank und makaber.

Eva zog einen Klarsichtbeutel aus ihrer Tasche und schob den Mutterpass hinein. Etwas sagte ihr, dass er wichtig werden würde.

Bevor sie die Tür hinter sich zuschlug, fiel ihr noch eine kleine bunte Kiste auf, die offensichtlich achtlos auf die Ablage der Garderobe gestellt worden war. Eva ging noch einmal zurück und nahm sie herunter. Sie war aus stabilem

Karton und erinnerte an eine Geschenkverpackung. Als Eva die Schachtel öffnete, fand sie darin ein dickes Bündel Banknoten. Was hatte das denn zu bedeuten? Vorsichtig hob Eva das Bündel an, und schätzte, dass es sich um rund vierzigtausend Euro handeln musste. So langsam fiel das positive Bild, das Eva von Claire gehabt hatte, immer mehr in sich zusammen.

Sie steckte auch die Schachtel in eine Plastiktüte und nahm sie mit.

Draußen änderte sie ihre Pläne, wonach sie jetzt direkt zu Mark Schenkel gefahren wäre und tippte die Adresse der nächsten Polizeidienststelle, die sie mit ihrem Smartphone gesucht hatte, in das Navi. So moderne Technik war doch gar nicht so übel, dachte sie, und fuhr los.

Dort angekommen empfing sie ein netter Kollege und brachte sie zu den Kriminaltechnikern, wo sie die Pappschachtel und den Mutterpass zur Untersuchung einreichte. Man versprach, sie auf dem Laufenden zu halten.

Den leitenden Kommissar traf sie leider nicht an. Er war in einer Sache im Rotlichtmilieu unterwegs. Man würde ihm Bescheid sagen, dass sie hier gewesen war. Eva beschloss, in Essen zu übernachten, wenn sie die Eltern von Claire aufgesucht hatte, und hinterließ ihre Handynummer für alle Fälle.

Mark Schenkel

Als Eva schließlich bei der Wohnung von Mark Schenkel ankam, nachdem sie auch noch bei einem Imbiss gehalten und einen Salat gegessen hatte, da war es schon fast fünfzehn Uhr.

Er bewohnte eine solide wirkende Doppelhaushälfte. Und als sie auf den Messingknopf der Klingel drückte, rechnete sie eigentlich nicht damit, dass jemand aufmachen würde. Doch kurz darauf stand ein äußerst attraktiv aussehender junger Mann vor ihr. Er trug ein kurzärmeliges weißes Hemd mit dem Label einer teuren Marke und sogar eine hellblaue Krawatte.

Neugierig sah er sie aus seinen leuchtend blauen Augen an.

»Ja, bitte?«, fragte er mit einem gewinnenden Lächeln. Er war es gewohnt, Fremden zu begegnen. Mit dem Windhauch, der durch das Öffnen der Tür verursacht worden war, strömte Eva ein herb angenehmer Duft nach Moschus in die Nase.

»Mein Name ist Eva Sturm, Kripo Langeoog«, sagte sie, und bemerkte, dass das nichts an seinem Lächeln änderte.

»Was kann ich für Sie tun?«, fragte er stattdessen und lehnte sich lässig gegen seine Tür. Er war groß und schlank und verdrehte ihr wohl gerade den Kopf.

»Es geht um Claire Freitag«, antwortete sie. Zum Glück war es heute nicht so brütend heiß und sie schwitzte nicht unappetitlich. »Sie haben Sie gekannt?«

Jetzt lächelte er nicht mehr, sondern zog die Stirn in Falten.

»Ja, das stimmt, ich kenne Claire. Aber Sie reden in der Vergangenheitsform von ihr. Ist ihr etwas zugestoßen?«

Er schaltete schnell, ohne dabei aus der Fassung zu geraten.

»Claire ist ermordet worden, und zwar auf Langeoog. Deshalb kümmere ich mich um den Fall«, erklärte Eva. »Kann ich kurz reinkommen?«

»Aber sicher, entschuldigen Sie«, sagte er und war wieder ganz der alte Charmeur. »Ich kann uns auch einen Kaffee machen, wenn Sie wollen.«

»Das wäre nett«, sagte Eva. Ihr kam die übersäuerte Marinade des Salates aus dem Imbiss immer wieder hoch. »Ein Kaffee wäre jetzt nicht schlecht.«

Sie folgte ihm in eine geschmackvoll eingerichtete Küche, wo kurz darauf eine monströs wirkende silberne Maschine den Kaffee auswürgte.

»Milch und Zucker finden Sie auf dem Tisch«, sagte Mark und setzte sich zu ihr. »Was ist denn mit Claire passiert?«

»Man hat sie mit einer Plastiktüte erstickt«, sagte Eva und registrierte jede Regung in dem schönen Männergesicht. »Sie waren also mit ihr befreundet?«

»Ja, das stimmt«, bestätigte er und machte ein entsetztes Gesicht. »Erstickt? Das ist ja ...«.

»Waren Sie beide auch ein Paar?«

Mark stützte sein Gesicht auf seine Hand und machte ein betrübtes Gesicht. »Ja, wir waren mal ein Paar«, antwortete er. »Doch das ist leider seit ein paar Wochen vorbei.«

»Warum?«

»Claire hat Schluss gemacht, einfach so.«

»Sie hat keine Begründung dafür genannt?«

»Nein. Es hat mich ganz schön mitgenommen, wenn ich ehrlich bin. Ich habe sie noch eine Weile angerufen, weil ich dachte, dass es nur eine Phase wäre.«

»Eine Phase? Wie meinen Sie das?«

»Nun ja, Claire war schon eine besondere Frau«, sagte Mark und ein Lächeln umspielte seinen Mund, als er sich erinnerte. »Ich habe sie sehr geliebt. Doch einfach hat sie es mir nie gemacht. Vielleicht lag darin sogar der Reiz. Wissen Sie, ich habe ein verdammt gut laufendes

Softwareunternehmen und mir laufen die Frauen buchstäblich nach. Ich sage das nicht, um Sie zu beeindruckten, Frau Kommissarin, doch ich möchte, dass Sie verstehen, was Claire mir bedeutet hat.«

»Sie ist Ihnen also nicht nachgelaufen, nehme ich an«, schloss Eva aus seiner Aussage.

»Nein, ganz und gar nicht. Sie hat mich immer einen eingebildeten Fatzke genannt, der glaubt, dass er alle Frauen mit seinem Geld kaufen kann.«

»Und das lief mit Claire nicht, verstehe. Wo haben Sie sich kennen gelernt?«

»Über Facebook«, sagte er. »Ich habe ihr eine Freundschaftsanfrage gestellt, weil ich sie hübsch fand und sie ganz in meiner Nähe wohnte.«

»Und sie ist darauf eingegangen?«

»Sicher. Warum sollte sie nicht.«

Eva musste an die über dreitausend Freunde denken, die Claire dort hatte. Da kam es auf einen mehr oder weniger wohl nicht an. Sie verstand aber immer noch nicht, was es für einen Sinn machte, sich mit Menschen zu befreunden, die man gar nicht kannte.

»Und worum ging es bei dieser Freundschaft?«

»Sie sind wohl nicht bei Facebook?«, fragte er zurück.

Eva schüttelte den Kopf.

»Nun, es hat eigentlich nichts zu bedeuten. Man guckt halt, was der andere so treibt in seiner Timeline, und wenn einem was gefällt, dann likt man es oder kommentiert das.«

»Und was hat Ihnen bei Claire gefallen?«

»Eigentlich alles«, sagte er ehrlich. »Sie war so natürlich in allem, was sie da gemacht hat. Und man spürte aus den Sachen, die sie kommentierte und likte, dass sie ein großes Herz hat.«

»Und haben Sie auch Kontakt über den Messenger zu ihr aufgenommen?«

Mark nickte. »Ja, das habe ich. Vielleicht nach einer Woche oder so, genau weiß ich das nicht mehr. Ich habe sie einfach mal angeschrieben und zum Essen eingeladen, weil wir ja in der gleichen Stadt wohnten.«

»Und? Hat sie die Einladung angenommen?«

Mark lachte auf. »Auf gar keinen Fall, das hat sie als Antwort geschrieben. Ich musste wirklich lachen, als ich das las, weil die meisten Frauen sofort ja sagen in so einem Fall.«

»Aber Sie haben nicht locker gelassen?«

»Nein, sie hat mich einfach als Frau gereizt. So sind wir nun mal, wir Männer. Eben Jäger, auch wenn das jetzt, in dem Zusammenhang, dass man Claire ermordet hat, vielleicht blöd klingt. Aber ich habe sie wirklich geliebt.«

In diesem Moment sah er verdammt traurig aus. Eva glaubte ihm, was er sagte.

»Und irgendwann ist sie dann doch mit Ihnen essen gegangen, nehme ich an«, fuhr sie fort.

Mark nickte. »Ja, nach drei Wochen hat sie endlich ja gesagt. Wir haben uns bei einem netten Italiener getroffen und ich habe mich in sie verliebt. Noch am selben Abend.«

»Und Claire?«

»Ich weiß nicht. Aber sie mochte mich auch, das spürte ich. Vielleicht konnte ich sie davon überzeugen, dass mir Geld nicht das Wichtigste im Leben ist. Auf jeden Fall haben wir die halbe Nacht geredet. Man hat uns praktisch aus dem Lokal geworfen, weil wir die Letzten waren. Und dann ist sie mit zu mir gegangen.«

»Oh, das ging dann aber tatsächlich schnell ...«.

»Ja, es hat mich auch überrascht, aber nicht wirklich gewundert. Es war etwas zwischen uns, das hat sie auch gespürt. Und wir sind nicht einmal im Bett gelandet, das will schon was heißen.«

Das glaube ich gerne, dachte Eva. Sagte aber nichts dazu.

»Und wie ist es weitergegangen? Waren sie seitdem ein Paar?«

»Ich würde es auf jeden Fall so definieren«, sagte Mark. »Claire hat sicher noch ein wenig länger gebraucht, um die Sache so ernst zu nehmen. Sie hat überhaupt vieles sehr ernst genommen. Ich fühlte mich wie bei einer Aufnahmeprüfung«, sagte er und lächelte. »Es war so schön für mich, dass ich die bestanden habe. Es war eine verdammt schöne Zeit mit Claire.«

»Wie lange waren Sie zusammen?«

»Hm ... also, zu dem besagten Essen, da haben wir uns im Dezember letzten Jahres getroffen. Und ich würde sagen, Ende Januar, da hat auch Claire zugegeben, dass sie mich liebt.«

»Und dann hat sie die Beziehung von einem Tag auf den anderen beendet?«

»Ja, das stimmt. Das war Ende April. Ich war wie vor den Kopf geschlagen, weil ich sie eigentlich fragen wollte, ob wir nicht zusammenziehen wollen.«

»Aber dazu kam es nicht mehr?«

»Nein, leider nicht. Sie eröffnete mir ganz schonungslos bei einem Glas Rotwein, dass wir uns trennen müssen. Das war hier bei mir in der Wohnung.«

Seine Augen bekamen einen feuchten Schimmer, als er das sagte. Es gab für Eva immer noch keinen Zweifel an seiner Glaubwürdigkeit.

»Wie haben Sie auf diese plötzliche Trennung reagiert?«

»Tja, wie soll ich schon reagiert haben. Ich war todunglücklich, denn Claire war die Frau meines Lebens. Ich habe geweint an dem Abend und sie hat mich sogar noch getröstet. Aber sie sagte immer wieder, dass es mit uns nicht gut gehen würde.«

»Nicht gut gehen? Wie hat sie das begründet?«

»Eigentlich gar nicht. Sie sagte nur immer wieder, dass wir keine gemeinsame Zukunft haben könnten. Es täte ihr leid, aber so sei es nun einmal.«

Das klang schon ziemlich herzlos, fand Eva. Welche Frau war in der Lage, sich mit anzusehen, wie sie einem Mann das Herz brach und er weinte? Passte das schon wieder in das Bild dieser ordnungsbesessenen Claire Freitag? Passte Mark nicht in ihre Vorstellung von Ordnung? Aber was konnte falsch an diesem jungen Mann gewesen sein? Er war bestimmt kein Penner. Also, was war da?

»Haben Sie die Trennung akzeptiert?«

»Es blieb mir ja nichts anderes übrig. Ich konnte sie ja schlecht zwingen, bei mir zu bleiben. Ich habe sie dann wie gesagt immer wieder mal angerufen und auch über Facebook habe ich ihr Nachrichten geschrieben. Doch sie hat überhaupt nicht mehr darauf reagiert. Also habe ich irgendwann damit aufgehört.«

»Haben Sie jetzt eine neue Beziehung?«

Mark zuckte mit den Schultern. »Nein, nichts Festes. Es gibt da wohl hin und wieder Frauen, mit denen ich mich treffe. Aber im Grunde habe ich immer noch gehofft, dass Claire es sich noch einmal anders überlegt und zu mir zurückkommt.«

»Wussten Sie, dass Claire schwanger war und abgetrieben hat?«

Diese Frage traf Mark wie ein Schlag in die Magengrube. Er zuckte zusammen und riss den Mund auf.

»Was sagen Sie da? Claire war schwanger und hat abgetrieben? Das kann ich nicht glauben, so war Claire nicht, niemals.« Er sprang jetzt vom Stuhl auf und lehnte sich an den Designerkühlschrank. Dann fuhr er sich mit beiden Händen durchs Gesicht. »Entschuldigen Sie bitte, ich wollte nicht so laut werden, aber ... was ist, wenn es mein Kind war?«

»Sie haben also nicht verhütet?«

»Doch sicher, aber so etwas passiert ja immer wieder einmal ... es hätte mich nicht gestört, wenn wir ein Kind bekommen hätten.«

Aber Claire offensichtlich schon, dachte Eva. Was war nur passiert, dass sie sich von Mark trennte, obwohl sie ein Kind von ihm erwartete. Denn das war jetzt wohl die naheliegendste Erklärung für ihre Schwangerschaft. Eva schätzte nicht, dass Claire eine war, die jeden Tag mit einem anderen ins Bett steigen würde.

»Tja, es dürfte schwierig sein, jetzt noch festzustellen, wer der Vater des Kindes war, tut mir leid.«

Mark nickte. »Ich werde mit dem Gedanken leben müssen, dass es vielleicht mein Kind gewesen ist. Das ist schrecklich. Bitte finden Sie den Täter, der Claire das angetan hat.«

»Ich bin dabei«, sagte Eva. »Hier ist meine Karte, wenn Ihnen noch etwas Wichtiges einfallen sollte, dann rufen Sie mich bitte an.«

Er nahm die Karte entgegen. »Sicher, das mache ich«, sagte er und begleitete Eva zur Tür.

Als Eva im Wagen saß, ließ sie alles noch einmal Revue passieren. Wenn sie auf ihr Bauchgefühl hörte, dann war Mark nicht der Mörder von Claire. Doch da rumorte ja immer noch der Salat von vorhin. Deshalb beschloss sie, Mark noch nicht von der Liste zu streichen.

Sie überlegte für einen kurzen Augenblick, noch beim Arbeitgeber von Claire vorbeizufahren, bevor es weiter zu ihren Eltern nach Essen ging.

Doch mit Blick auf die Uhr entschied sie sich dann anders. Wenn sie jetzt Gas gab, dann würde sie es noch vor dem Abendbrot nach Essen schaffen. Das war eine akzeptable Zeit, die Eltern aufzusuchen.

Claires Eltern

Zeitlich hatte Eva richtig geschätzt, und als sie aus dem Wagen stieg, wehte aus den Nachbargärten von Claires Eltern der Duft nach gegrilltem Fleisch herüber. Im Sommer war das eben so in Siedlungen. Und ihr Magen hing ihr in den Kniekehlen.

Das Haus, auf das sie jetzt zuging, war aus dunkelroten Steinen gemauert und hatte dunkle Fensterrahmen. Fast wirkte es, als seufzte es unter der Last, die jetzt auf dieser Familie lag. Ganz im Kontrast zu den fröhlichen Stimmen aus den Nachbargärten, die sie jetzt in Wortfetzen aufschnappte.

Sie öffnete das eiserne Gartentor und drückte auf die Klingel.

Es dauerte eine Weile, bis ein kleiner, verhärmt wirkender Mann in Cordhose und Baumwollhemd öffnete.

»Ja?« Mehr fragte er nicht.

»Ich bin Eva Sturm«, sagte sie. »Wir haben telefoniert.«

»Ja.« Er drehte um und lief ins Haus voraus und führte Eva in ein helles Esszimmer mit großen Türen, die zur Terrasse führten. Sie waren geschlossen, deshalb war es wohl angenehm kühl im Haus, das komplett gefliest war.

»Nehmen Sie Platz«, bot Wilfried Freitag an und zeigte auf eine Sitzecke aus dunklem Holz. Auf dem Tisch lag eine blütenweiße Decke. »Ich sage meiner Frau Bescheid, dass Sie da sind. Sie hat sich eben kurz hingelegt.«

Eva nickte und sah ihm nach. Sein Gang wirkte, als schwebe er über dem Boden dahin, ohne ihn auch nur einmal zu berühren.

Eigentlich war er viel zu alt, um Claires Vater zu sein, dachte sie.

Was auffiel, war die Ordnung. Genauso wie in Claires Wohnung. Hier passte alles zusammen, sowohl vom Dekor als auch farblich. Es stand kein unnötiger Schnickschnack auf den Schränken. Es war klar, woher Claire die Liebe zur übertriebenen Ordnung hatte. Sicher putzte ihre Mutter den ganzen Tag um sich herum, selbst, wenn sie gerade erst den Schrank vom Staub befreit hatte und zum dritten Mal mit einem Lappen darüberfuhr. Es gab Menschen, die so viel Langeweile hatten, dass die Sauberkeit ihre einzige Freude war.

Wilfried Freitag kam zurück in den Raum geschwebt und zog eine blass und neben sich stehende Frau hinter sich her, die gut und gerne Claires Großmutter hätte sein können. Da stimmte doch etwas nicht.

»Das ist meine Frau, Marlene«, sagte Wilfried und schob sie sanft auf einen Stuhl. »Ich mache uns einen Kaffee.«

Er hantierte an der Maschine herum.

»Guten Tag, Frau Freitag«, sagte Eva zu der Frau, die sie wie durch einen Schleier anzusehen schien. Sie hatte die ohnehin kleinen Augen zusammengekniffen und die Hände lagen gefaltet auf dem Tisch. Sie trug ein schwarzes Strickkleid, das sie trauriger aussehen ließ.

»Sie haben Claire gefunden?«, hauchte sie.

»Es tut mir sehr leid, was mit Ihrer Tochter passiert ist.«

Marlene Freitag nickte zur Bestätigung. Ihr Mann stellte Kaffeetassen auf den Tisch. Der Duft von frisch gemahlenem Kaffee verbreitete sich bereits im Raum.

Eva wusste das erste Mal nicht, wie sie diese Befragung beginnen sollte. Sie hatte das Gefühl, als sei sie hier in einer Manege und würde mit Kanonen auf Spatzen schießen. Was konnte dieses bieder wirkende Ehepaar zur Aufklärung beitragen, was sie nicht schon längst wusste? Doch, da gab es etwas, was sie nur zu gern gefragt hätte, sich aber noch nicht traute. Wie fing sie es am geschicktesten an, zu erfahren, warum diese beiden alten Menschen eine so junge Tochter hatten?

Wilfried Freitag schenkte den Kaffee ein, brachte die Kanne wieder weg und setzte sich dann zu ihnen.

»Danke«, sagte Eva. »Ich habe Ihrer Frau eben bereits mein Beileid ausgesprochen. Es ist wirklich schrecklich, was mit Ihrer Tochter passiert ist.«

Wilfried Freitag nickte. Er sagte nichts.

Zwei alte Augenpaare ruhten jetzt auf ihr. Sie hatten mit dem Leben abgeschlossen.

Eva räusperte sich.

»Ich bin heute bereits in der Wohnung Ihrer Tochter gewesen«, begann sie, »sie ist sehr schön eingerichtet.«

Wilfried und Marlene sahen sich an.

»Wir werden sie aufgeben müssen«, sagte er. Seine Frau nickte.

»Ja, das stimmt«, bestätigte Eva. Sie kam sich herzlos vor. »Wann haben Sie ihre Tochter zum letzten Mal gesehen?« Die Frage musste einfach sein.

»Claire war hier, bevor sie nach Langeoog gefahren ist, um uns den Schlüssel für ihre Wohnung zu geben«, sagte die Mutter. »Ich kümmere mich immer darum, dass alles sauber bleibt, wenn Claire verreist ist.«

Sie stand wohl immer noch unter Schock, denn ihre Lippen bewegten sich mehr oder weniger mechanisch. Vielleicht schluckte sie auch ein Beruhigungsmittel. Das wäre nur zu verständlich.

»Und wie wirkte Ihre Tochter bei ihrem ...«, sie hatte letzten Besuch sagen wollen, brachte es aber nicht übers Herz. »Ich meine, was für einen Eindruck hatten Sie von Claire, als sie hier war?«

Die beiden sahen sich wieder an. Marlene griff nach der Hand ihres Mannes. »Sie war wie immer«, sagte er. Seine Frau nickte dazu.

Tja, das bedeutete sicher fröhlich, nach allem, was Eva bereits über Claire erfahren hatte. Es nützte einfach nichts. Sie musste jetzt endlich ihre wichtigste Frage stellen.

»Wussten Sie, dass Ihre Tochter ein Kind erwartet hat?«

Eva sah, dass Marlene die Hand ihres Mannes jetzt noch fester drückte, dann nickte sie. »Ja, das wussten wir«, sagte sie wie in Trance. »Wir haben uns sehr für Claire gefreut.«

Jetzt kam die nächste Hürde. »Also hat Ihre Tochter Ihnen nichts davon erzählt, dass sie das Kind abgetrieben hat?«

Marlene riss die Augen auf und die Kaffeetasse, die sie gerade in die Hand genommen hatte, fiel mit einem klirrenden Geräusch auf den Unterteller zurück. »Das ist nicht wahr«, stammelte sie. »Das ist nicht wahr.«

Wilfried legte eine Hand auf die Schulter seiner Frau. »Davon wissen wir nichts«, bekräftigte er. »Sowas hätte Claire niemals getan.«

Erst jetzt fiel Eva das hölzerne Kreuz auf, das an der Wand neben dem dunklen Schrank neben einigen Kinderfotos von Claire hing.

»Es tut mir sehr leid, aber es ist leider wahr«, sagte Eva. »Claire hat ein Kind abgetrieben. Und vielleicht hängt diese Tatsache auch mit dem Mord zusammen, deshalb muss ich das fragen.«

Die beiden hatten kalkweiße Gesichter. Marlene kniff die Lippen zusammen und Wilfried richtete sich kerzengerade auf.

Es war Zeit für die nächste wichtige Frage.

»Sie sind wohl sehr spät Eltern geworden«, begann Eva, »war Claire Ihr einziges Kind?«

Marlene sackte auf ihrem Stuhl zusammen.

»Es ist besser, wenn meine Frau sich jetzt wieder hinlegt«, sagte Wilfried, »der Arzt hat ihr verboten, sich aufzuregen. Komm Schatz, ich bringe dich jetzt nach oben«, sagte er zu ihr und zog an ihrem Arm. »Danach werde ich alle Ihre Fragen beantworten«, fuhr er in Richtung Eva fort.

Während sie wartete, dass Wilfried Freitag zurückkam, nutzte Eva die Gelegenheit und sah sich die Familienfotos neben dem Kreuz näher an. Meistens standen Wilfried und seine Frau händchenhaltend da und sahen auf ein spielendes kleines Mädchen. Claire. Sie saß im Sandkasten, auf einer Schaukel oder lehnte an einem Baum und strahlte in die Kamera. Doch manchmal kam Eva dieses lachende Gesicht gekünstelt vor. Sicher hatte der Fotograf, wer auch immer diese Bilder gemacht haben mochte, darum gebeten, schön in die Kamera zu lachen. Bei den Eltern hatte es wohl den gleichen Effekt wie bei Claire ausgelöst. Auch ihr Lachen wirkte unecht. Sie war gespannt, was Wilfried ihr gleich als die große Wahrheit präsentieren würde.

Und dann war da noch das Kreuz, das jetzt drohend vor Eva hing. Sie hatte mit solchen Dingen noch nie etwas anfangen können. Jeder sollte glauben, woran er mochte. Ihr war es egal. Und solche Symbolik hatte bei ihr auch noch nie Gefühle hervorgerufen.

»Sind Sie gläubig?«, hörte sie plötzlich Wilfried hinter sich sagen und fühlte sich ertappt.

Sie zuckte nur mit den Schultern. »Setzen wir uns wieder«, schlug sie vor. »Dann redet es sich leichter.«

Er schenkte noch einmal Kaffee nach und rührte lange in seiner Tasse, bevor er etwas sagte.

»Sicher haben Sie sich schon gewundert, dass wir so alt sind«, begann er und traf damit den Nagel auf den Kopf. »Wir sind nicht Claires richtige Eltern.«

Davon war Eva instinktiv ausgegangen und sah sich bestätigt.

»Sie haben Claire also adoptiert?«, fragte sie.

»Nein«, erwiderte Wilfried, »Claire war die Tochter meines Bruders. Er ist mit seiner Frau bei einem Autounfall ums Leben gekommen, da war Claire noch ganz klein. Wir haben sie zu uns genommen, weil wir selber keine Kinder bekommen konnten.«

Das erklärte einiges. »Ihr Bruder war also wesentlich jünger als Sie?«

Wilfried nickte. »Ein Nachzügler, würde man wohl sagen. Ihm fiel alles immer zu im Leben. Und so wurde er auch mit Mitte zwanzig Vater, während es Marlene und mir nicht vergönnt war. Und dann geschah der schreckliche Unfall. Lothar und seine Frau waren sofort tot. Claire war zuhause und wohlbehütet bei einem Kindermädchen geblieben. Das war ihr großes Glück.«

»Dann hat Claire wohl Glück gehabt, dass Sie sich ihrer angenommen haben«, sagte Eva.

»Ja, so ist es wohl«, murmelte Wilfried und Eva spürte, dass er noch etwas auf dem Herzen hatte. »Doch wir haben ihr nie die Wahrheit gesagt.«

»Wie meinen Sie das?«, fragte Eva. »Sie haben Claire nicht gesagt, dass Sie nicht ihr Vater sind?«

»Nein, das haben wir nicht.«

»Aber wie war das möglich? Gab es sonst keine Familienangehörigen?«

»Nein, mein Bruder und ich, wir waren die letzten nahen Verwandten von Claire. Und als das Unglück passierte, da sind wir von Marburg nach Essen gezogen. Da kannte uns doch niemand und es stellte keiner Fragen.«

Das war wirklich ein starkes Stück, fand Eva. Gerade bei ihrer eigenen Vergangenheit nahm sie das Handeln von den Freitags besonders übel. Sowas machte man doch nicht. Einem kleinen Mädchen ein Leben lang eine Lüge über seine Herkunft auftischen. Doch sie musste ihre eigenen Gefühle jetzt zurückstellen, wenn sie das Vertrauen von Wilfried Freitag nicht aufs Spiel setzen wollte.

»Und es ist nie jemandem aufgefallen?«, fragte sie, »nicht einmal den Behörden?«

»Wir haben sehr zurückhaltend gelebt. Ich bin Beamter und habe immer einen sicheren Arbeitsplatz bis zu meiner Pensionierung gehabt. Man fällt da wenig auf.«

»Und Claire? Haben Sie es ihr gesagt?«

»Nein, aber sie hat es selber herausgefunden«, sagte er und lachte bitter auf.

»Und wie?«

»Es war ein dummer Zufall«, sagte Wilfried. »Sie hat in alten Fotoalben herumgekramt und ist auf ein Bild von meinem Bruder und seiner Frau gestoßen, die ein Baby auf dem Arm hielten. Da haben wir ihr alles gesagt. Wir konnten sie doch nicht anlügen.«

Na, das ging bis zu dem Tag aber ganz prima, dachte Eva böse.

»Wie hat Claire darauf reagiert?«

»Sie war außer sich. Sie hat uns angeschrien und gefragt, warum wir sie ein Leben lang angelogen haben. Es war so schrecklich für Marlene, dass sie einen Nervenzusammenbruch erlitten hat. Claire ist dann einfach gegangen. Wir haben sie seitdem nicht wieder gesehen. Und jetzt ist sie tot.«

»Dann ist Claire also nicht hier gewesen, bevor sie nach Langeoog gereist ist?«

Wilfried schüttelte den Kopf. »Nein, wir haben unsere Tochter schon seit März nicht mehr gesehen. Ich glaube, Marlene wird den Winter nicht mehr erleben. Sie kann einfach nicht mehr.«

Wer sich die Suppe einbrockt, der muss sie auch auslöffeln, dachte Eva kalt. Was musste diese arme junge Frau in den letzten Monaten mitgemacht haben? Und irgendwann war ihr wohl alles zu viel geworden und sie hatte mit Mark Schluss gemacht. Und das, obwohl sie doch ein Kind von ihm erwartete. Wenn er denn der Vater war. Das würde man nicht mehr feststellen können. Jedenfalls nicht so ohne weiteres. Sie musste unbedingt noch mit dem Arzt sprechen, der den Mutterpass ausgestellt hatte. Doch das würde sie morgen machen.

Plötzlich hatte sie keine Fragen mehr, die sie Wilfried Freitag stellen konnte. Die Luft in diesem Raum war zum Schneiden dünn geworden. Jede Pore in ihr drängte danach, nach draußen zu kommen. Raus aus diesem Lügenhaus. Es schnürte ihr die Kehle zu.

»Ich werde jetzt gehen«, sagte sie tonlos. »Wenn Ihnen noch etwas einfällt, dann melden Sie sich bitte bei mir.« Sie legte ihre Karte auf den Tisch. »Ich finde alleine raus.«

Draußen im Wagen hätte Eva so losheulen können. Viel zu sehr hatte das, was sie gerade gehört hatte, sie an ihre eigene Geschichte erinnert. Und dann dieses arme Mädchen, das immer schön brav für die Fotos hatte lächeln müssen. Einfach nur zum Kotzen. Ob dieser Freitag sich auch an seiner Nichte vergriffen hatte? Sie traute dem Mann mittlerweile auch das zu.

Sie startete den Wagen und suchte sich in der Innenstadt ein nettes Hotelzimmer. Das erste, was sie machte, war, sich unter die Dusche zu stellen. Sie musste diesen Geruch von Anstand aus dem Hause Freitag einfach loswerden.

Danach ging es ihr schon besser. Sie rief in der Hotellobby an und fragte, ob es noch etwas zu essen gäbe. Schließlich war es schon bald halb zehn. Man sagte ihr, dass es kein Problem sei und so zog sie sich noch einmal an und ging nach unten ins Restaurant. Dort am Tisch nahm sie zum ersten Mal wieder ihr Handy aus der Tasche. Es gab fünf verpasste Anrufe und vier Nachrichten. Es schien fast so, als ob noch mehr Menschen etwas von ihr wollten, seitdem sie auf Hightech umgestellt hatte. Drei Anrufe waren von den Kollegen in Oberhausen. Das musste bis morgen warten. Ein Anruf war von einem unbekannten Teilnehmer und einer von Jürgen. Er hatte um achtzehn Uhr versucht, sie zu erreichen. Ob etwas passiert war? Sie beschloss, ihn gleich nach dem Essen anzurufen. Doch mit Blick auf die Uhr wählte sie seine Nummer, nachdem sie ihre Bestellung aufgegeben hatte.

Jürgen meldete sich nach dem dritten Klingeln.

»Hallo Eva, schön, dass du dich zurückmeldest«, rief er in den Hörer.

»Hallo Jürgen, wie geht es dir?«, fragte sie zurück. »Entschuldige, ich sehe erst jetzt, dass du angerufen hast. Ich bin wegen eines Falles in Essen unterwegs und habe eine Befragung durchgeführt.«

»Ja, ich habe davon gelesen. Schlimme Sache, dass mit der jungen Frau. Essen also? Na, du kommst ja mal wieder rum. Bist du etwa alleine mit Klaras Opel unterwegs?«

»Nein, ich habe mir einen BMW geliehen.«

»Das war bestimmt eine gute Idee«, meinte Jürgen.

Dann ging ihnen irgendwie der Gesprächsstoff aus. Es wurde still zwischen ihnen. Befremdlich still.

Eva fand als Erstes die Stimme wieder. »Warum hast du denn angerufen?«

»Ja stimmt, ich habe ja angerufen«, sagte Jürgen und lachte gequält. »Du, ich wollte nur sagen, dass ich übermorgen auf die Insel zurückkomme.«

»Tatsächlich?« In Evas Magen formte sich ein dicker Klumpen. Dann würde sie mit ihm reden müssen.

»Ja, hier an Land kann ich nicht mehr viel tun. Der Onkel über tausend Ecken hat sich wieder einigermaßen erholt und ist dem Teufel nochmal von der Schippe gesprungen.«

»Na, das ist doch mal eine gute Nachricht«, sagte Eva.

»Ja, kann man so sagen ... ich dachte, du willst das vielleicht wissen. Ich meine, dass ich wiederkomme.«

Es schwang eine undefinierbare Schwermut in diesem Gespräch mit, auch wenn Jürgen sich wie immer redlich Mühe gab, witzig zu sein. Er hatte etwas auf dem Herzen. Oder merkte er, dass sie etwas bedrückte?

»Klar, ich freue mich«, presste sie hervor. »Übermorgen also, sagst du?«

»Ja, übermorgen.«

»Dann bin ich sicher auch wieder auf Langeoog. Morgen werde ich nochmal ein paar Befragungen in Oberhausen durchführen und auch bei den Kollegen vorbeisehen.«

»Ja, es gibt immer was zu tun für dich. Wir könnten dann ja wieder Pizza essen, wenn ich zurück bin«, sagte er und klang irgendwie einfältig.

»Unbedingt. Ich habe die ganze Zeit keine Pizza gehabt«, antwortete Eva und merkte, dass sie ihm damit offenbarte, dass sie nicht die geringste Lust auf Pizza verspürt hatte.

»Dann wird es aber Zeit«, sagte Jürgen und klang merkwürdig. »Ich muss da auch noch was mit dir besprechen ...«.

»Ach ja? Was denn?«

»Das machen wir lieber persönlich. Also, ich freu mich schon auf dich, wir sehen uns übermorgen.«

»Ja, ist gut. Dann bis übermorgen. Dann gibt es wieder Pizza mit doppelt Käse.« Eva lachte halbherzig.

Sie legten auf.

Der Klumpen in ihrem Magen war noch da, als sie gegessen hatte und auf ihr Zimmer ging.

In der Minibar fand sie einen Magenbitter und eine kleine Flasche Weißwein, die sie mit ins Bett nahm. Sie deckte sich bis unters Kinn zu und versuchte zu schlafen, als sie beides getrunken hatte.

Sie hatte Angst vor dem Treffen mit Jürgen, denn sie musste ihm eine bittere Wahrheit erzählen und sie hoffte, dass er nicht daran zerbrechen würde.

In Oberhausen

Eva hatte schlecht geschlafen. Sie hatte geträumt, dass sie mit Jürgen am Strand spazieren gegangen war und er dann einfach ins Meer lief, während sie nichts dagegen unternehmen konnte. Irgendwann war er verschwunden gewesen und sie wachte schweißgebadet auf.

Als sie gefrühstückt hatte, bezahlte sie das Zimmer und fuhr Richtung Oberhausen. Heute standen die Kollegen von Claire auf dem Programm und der Frauenarzt.

Nach einer Dreiviertelstunde stand sie auf dem Firmengelände. Sie hatte sich das Callcenter gar nicht so groß vorgestellt. Es dauerte eine Weile, bis der Pförtner sie endlich reinließ.

Das Büro, in dem Claire gearbeitet hatte, war groß und voll mit Menschen, die in kabinenähnlichen Nischen mit Kopfhörern saßen und vor sich hinmurmelten. Schöne moderne Arbeitswelt. Das Ganze erinnerte Eva an Hühner in engen Legebatterien. Und die waren ab 2020 endgültig verboten, soweit sie wusste.

Es gab eine Handvoll Kollegen, mit denen Claire sich wohl besonders gut verstanden hatte. Sie wussten bereits, was geschehen war und eine junge Frau begann sofort wieder zu weinen, als Eva sie in einem separaten Raum befragte.

Doch keiner von ihnen konnte wirklich etwas Neues zu ihren Ermittlungen beitragen. Dass Claire schwanger gewesen war, wusste niemand von ihnen. Sie hatten sich eben bei der Arbeit gut verstanden, aber es war nicht darüber hinaus gegangen. Insgesamt mochte man Claire. Sie war pünktlich und machte ihre Arbeit gut. Auch der Abteilungsleiter lobte sie nur in den höchsten Tönen. Er war ein Mann um die fünfzig und ihm wuchsen bereits Haare aus der Nase. Eva ging nicht davon aus, dass er etwas mit Claire gehabt haben konnte. Dafür wirkte er einfach zu ungepflegt.

Sie notierte sich die Namen und hinterließ bei jedem ihre Karte, falls jemand sich melden wolle.

Nein, dachte sie, als der Pförtner für sie die Schranke öffnete. Hier werde ich das Geheimnis um Claires Kind nicht lüften können.

Sie fuhr zu der Praxis von Dr. Fehrenkamp. Die Sprechstundenhilfe gab sich erwartungsgemäß zugeknöpft und bedauerte, dass der Doktor im Moment bei seinen Patienten zu Hausbesuchen unterwegs war.

Und so nutzte Eva die Gelegenheit, und sah noch einmal bei der Dienststelle in Oberhausen vorbei, wo sie auch den ermittelnden Kommissar antraf.

»Du wirbelst hier ganz schön Staub auf«, meinte er lachend, als Eva ihm die Hand reichte.

»Echt? Sagt man das?«

»Ach was. Aber was ist denn bis jetzt rausgekommen?«

»Tja, den Täter kann ich dir leider noch nicht präsentieren. Aber ich glaube, ich bin auf einem guten Weg. Das Opfer, also Claire, hat kurz vor ihrem Tod abgetrieben, doch ihr letzter Freund, Mark Schenkel, wusste nichts davon. Es ist fraglich, ob er der Vater war, denn Claire schien glücklich mit ihm gewesen zu sein. Sie hat von heute auf morgen Schluss gemacht, sagte er mir und es klang glaubwürdig. Dann sind da noch die Eltern, die ihr erst im März gebeichtet haben, dass sie gar nicht ihre Eltern sind, sondern nur Onkel und Tante. Die Eltern sind bei einem Autounfall ums Leben gekommen und sie haben die Kleine zu sich genommen.«

»Und sie haben ihr nichts davon gesagt?«

»Nein. Das muss ein gewaltiger Schock für Claire gewesen sein. Sie hat es selber durch Zufall herausgefunden, und das mit über dreißig.«

»Schöne Scheiße.«

»Tja, das kann man wohl sagen. Sie wurde ein Leben lang angelogen. Seitdem hat sie übrigens ihre Eltern nicht mehr besucht. Sie wussten weder etwas von der Schwangerschaft noch von der Abtreibung.«

»Sagen sie ...«.

»Tja, sagen sie. Doch im Moment denke ich, dass es die Wahrheit ist.«

»Und worauf stützt du jetzt deine weiteren Ermittlungen?«

»Hm ... irgendwie muss ich herausfinden, wer der Vater des Kindes war und vor allem, wer mit ihr auf Langeoog geschlafen hat. Vielleicht hängen diese Personen zusammen oder es handelt sich um dieselbe. Es wäre zum Beispiel möglich, dass sie sich mit dem Kindsvater auf Langeoog getroffen hat, ihm sagte, dass sie abgetrieben hat und er hat sie dann umgebracht.«

»Ich weiß nicht. Meistens sind wir Männer ja froh, wenn wir keine Verantwortung übernehmen müssen.«

»Ach ja? Ist das so? Mark Schenkel jedenfalls wäre sehr gerne Vater geworden.«

»Dann hast du ja schon deinen Täter.«

»Ich weiß nicht. Irgendwie ist der nicht der Typ dafür. Doch auf der anderen Seite kann es natürlich sein, wenn er von der Abtreibung erfahren hat. Er kann mich angelogen haben, was seine Kenntnis von der Schwangerschaft betrifft.«

»Das ist unser Job«, sagte der Kollege, »wir müssen die Lügen erkennen.«

»Gar nicht so einfach. Gibt es schon Ergebnisse aus der Kriminaltechnik?«

»Keine Ahnung. Aber ich frage gerne mal für dich nach. Warte einen Moment.« Er verließ das Büro.

Als Eva alleine war, rief sie sich noch einmal das Gespräch mit Mark Schenkel ins Gedächtnis. Vielleicht hatte der Kollege recht und sie hatte sich von dem smarten Auftreten des jungen Mannes blenden lassen. Und er hatte ja auch die Fassung verloren, als Eva von dem Kind erzählte, das Claire erwartet und abgetrieben hatte. Dieser Wutausbruch war eindeutig gewesen. Da hatte er die Kontrolle verloren. Und es konnte genau diese Wut sein, die er auch gegenüber Claire entlassen hatte. Doch so sehr sie auch versuchte, sich Mark als Mörder vorzustellen, es wollte ihr nicht so recht gelingen.

Der Kollege kam zurück und brachte für jeden einen Kaffee mit.

»Danke«, sagte Eva, »den kann ich jetzt gebrauchen.«

»Gerne. Die KTU hat mir die Ergebnisse mitgegeben.«

Er reichte ihr einen Ausdruck.

»Danke«, sagte Eva. »Ihr müsst mir noch einen Gefallen tun«, fuhr sie fort, während sie die Daten überflog. »Könnt ihr von Mark Schenkel eine Speichelprobe nehmen, damit ich ihn in die Untersuchung bezüglich des Mannes, mit dem Claire auf Langeoog Sex gehabt hat, einbeziehen kann?«

»Sicher, kein Problem.«

»Schön. Und dann wäre es gut, wenn ihr noch eine Schriftprobe von ihm nehmen könntet.« Sie zog ihr Handy hervor und zeigte dem Kollegen die Ablichtung des Zettels mit den zwei Worten »Stirb leise ...«.

»Das haben wir bei Claire unter dem Kopfkissen gefunden«, erklärte sie. »Vielleicht ist es ja die Handschrift von Mark Schenkel. Und am besten, ihr nehmt auch noch eine Probe von ihrem Vater, diesem Wilfried Freitag. Und am besten auch von seiner Mutter.«

»Geht in Ordnung.«

»Danke, das hilft mir sehr weiter.«

»Sicher. Ist ja auch unser Fall.«

»Ich bin gespannt, ob wir den Täter auf der Insel finden«, sagte Eva. »Ich habe dort einen Abstrich von allen Inselbewohnern und Gästen angeordnet. Bisher gibt es keinen Treffer.«

»Sowas braucht ja auch seine Zeit.«

»Schon. Aber auf jeden Fall kann er uns nicht entkommen.«

»Da hast du es gut. Wenn uns hier im Ruhrpott einer entwischt, dann auch für immer«, sagte der Kollege lachend.

»Schade, dass es nichts Interessantes zu dem Mutterpass und dem Geld gibt«, sagte Eva und deutete wieder auf den Bericht der KTU.

»Wie man's nimmt«, meinte der Kollege. »Auf jeden Fall ist der Mutterpass völlig frei von Fingerabdrücken gewesen. Das finde ich schon bemerkenswert.«

»Ja, du hast recht. Im Prinzip müsste er voll davon sein. Einmal von der Praxis und dann natürlich von der werdenden Mutter.«

»Eben, das meine ich. Wie kommt es, dass er so sauber ist?«

Sauber. Bei dem Wort musste Eva wieder unweigerlich an das Haus von Wilfried und Marlene Freitag denken. Dort hätte man vom Fußboden essen können, ohne auch nur ein Staubkorn aufzunehmen. Ebenso war es in Claires Wohnung.

»Darauf weiß ich mir im Moment auch keinen Reim zu machen«, sagte Eva. »So, und jetzt werde ich es noch einmal in der Arztpraxis versuchen, bevor es wieder auf die Insel geht.«

»Okay. Ich wünsche dir viel Erfolg. Wir bleiben in Kontakt.«

Eva verabschiedete sich bald darauf und stand wieder vor der Sprechstundenhilfe.

»Ist der Doktor jetzt zu sprechen?«, fragte sie.

»Ja, Sie haben Glück«, flötete die Frau in Weiß.

Oder du, dachte Eva grimmig und folgte ihr ins Behandlungszimmer.

Der Arzt war klein und schmal und wirkte konturlos hinter seinem wuchtigen Schreibtisch. Er saß in einem schweren schwarzen Ledersessel und blätterte in einem Rezeptblock herum, als sie eintraten.

»Das ist Frau Sturm, die Ermittlerin von Langeoog«, stellte die Sprechstundenhilfe sie vor und verschwand lautlos.

»Frau Sturm, nett Sie kennen zu lernen«, sagte der Arzt, erhob sich und streckte ihr die Hand entgegen. »Nehmen Sie doch Platz.«

Eva nahm diese nur widerwillig. Man konnte sich bei den vielen Patienten ja weiß Gott was holen. Doch dann fiel ihr ein, dass sie bisher nicht einen Menschen außer der Sprechstundenhilfe in diesen Räumlichkeiten gesehen hatte. Bis auf diesen Arzt jetzt vor ihr. Das war schon merkwürdig. Gerade, weil sie in Oberhausen waren und nicht auf Langeoog.

»Vielen Dank«, sagte Eva und setzte sich. Die dargebotene Hand hing weiter im Raum, ohne dass sie zugriff, und zog sich alsbald zurück.

»Was führt Sie zu mir, ganz von einer ostfriesischen Insel?«

»Ach, das ist leicht erklärt«, sagte Eva schnippisch. »Eine Patientin von Ihnen ist ausgerechnet auf meiner Insel ermordet worden.«

»Das ist ja furchtbar.« Er fingerte wieder an seinem Rezeptblock herum. Und daneben gab es auch gar nicht viel auf seinem Schreibtisch. Da war nur noch ein Bildschirm, der verloren dastand und wie eine Attrappe wirkte und ein paar Kugelschreiber, die aussahen, als sei die Mine längst ausgetrocknet. Hier stimmte doch etwas nicht.

»Es geht um Claire Freitag«, sagte Eva.

»Claire Freitag ...«, der Arzt zog die Augenbrauen zusammen, als hätte sie ihn gebeten, sich den Herrgott persönlich vorzustellen.

»Sagt Ihnen dieser Name nichts?«

»Doch doch ... eine bezaubernde junge Frau. Ich erinnere mich.«

»Sie war schwanger und hier bei Ihnen in Behandlung. Da sollten Sie sich schon erinnern, denke ich.«

»Ja sicher. Claire. Ein so schöner Name.«

»Und sie hat das Kind abgetrieben. Ich nehme an, dass das auch über Ihre Praxis geschehen ist.«

Jetzt riss der Arzt das erste Mal die Augen auf. »Abgetrieben? Da muss ich meine Hilfe fragen.« Er drückte auf den Knopf einer Gegensprechanlage und forderte sie auf, hereinzukommen.

»Könnten Sie mir bitte die Unterlagen von Claire Freitag bringen«, bat er, als sie eintrat. Sie nickte und verzog sich wieder.

»So sehr viele Patienten scheinen Sie ja nicht zu haben«, sagte Eva, während sie warteten, »das Wartezimmer ist leer.«

»Ja, ach so, ja ... ich mache viele Hausbesuche.«

»Das ist ja ein besonderer Service. Den können sich wohl die wenigsten Ärzte leisten. Wird das tatsächlich über die Krankenkasse finanziert?«

»Sie haben recht, ich habe sehr viele Privatpatienten, die wert darauf legen, dass man nicht sieht, wenn sie zum Arzt gehen.«

»Aha?«

Eva verstand nicht, wo das Problem sein sollte. Wenn man schwanger war, dann hatte man ja keine ansteckende

Krankheit, mit der man sich verstecken musste. Hier war wirklich etwas oberfaul. Und sie würde auch noch herausfinden, was es war.

Die Tür ging auf und die Sprechstundenhilfe legte eine dünne Patientenkartei auf den Tisch.

»Danke«, sagte der Arzt und blätterte darin herum, während sie wieder verschwand. »Frau Freitag war das letzte Mal Mitte März bei mir«, sagte er, und schob seine Brille hoch. »Ich wusste nicht, dass sie das Kind verloren hat.«

»Sie hat es nicht verloren, sondern abgetrieben«, korrigierte Eva. »Und Sie wollen nichts davon gewusst haben?«

»Nein, das kann ich Ihnen versichern. Sonst wäre es hier vermerkt.«

»Steht in Ihren Unterlagen auch, wer der Vater des Kindes war?«

Er blätterte wieder herum. »Nein, dazu steht hier nichts.«

»Ist das nicht ungewöhnlich?«

»Nicht unbedingt. Es gibt durchaus Frauen, die auf einen Mann verzichten möchten, wenn sie sich ihren Herzenswunsch nach einem Kind erfüllen.«

Endlich fiel der Groschen bei Eva.

»Sie nehmen künstliche Befruchtungen vor?«, fragte sie tonlos.

Er nickte. »Unter anderem, wenn es auf natürlichem Wege nicht klappt.«

»Und wie war es bei Claire? Hat es da geklappt?«

Er wand sich und rang mit sich, zögerte eine Antwort hinaus. Eva wäre fast der Kragen geplatzt.

»Nein, bei Claire war alles ganz natürlich«, sagte er dann. »Sie war ja noch so jung, da funktionieren die natürlich biologischen Prozesse noch von selber.«

Eva schluckte. Das ging eindeutig gegen sie. Doch das juckte sie nicht im Geringsten.

»Aber Sie können mir doch nicht weismachen wollen, dass Sie nicht nach dem Erzeuger dieses Wunschkindes gefragt haben«, blaffte sie.

»Wir arbeiten hier sehr diskret«, konterte er mit finsterer Mine. »Und wenn eine Patientin nicht von sich aus sagt, wer sie geschwängert hat, dann ist es nicht unsere Art, zu insistieren. Uns geht es nur um das Wohl von Mutter und Kind. Das ist unsere ethische Aufgabe. Ohne richterlichen Beschluss werde ich nichts weiter sagen. Ich erinnere an meine Schweigepflicht als Arzt.«

So kam sie hier nicht weiter.

Sie nahm das ungute Gefühl, dass hier etwas nicht stimmte, mit, und verabschiedete sich.

Draußen im Wagen rief sie den Kollegen in Oberhausen an. »Bitte nehmt noch eine Speichelprobe und ein Schriftbild von Claires Arzt, ich habe eben mit ihm gesprochen und er erscheint mir irgendwie verdächtig.«

»Sicher«, kam es vom anderen Ende. »Machen wir.«

Sie legte auf.

Es war jetzt fünfzehn Uhr und sie hatte einiges erledigt, lobte sie sich selbst. Doch für die letzte Fähre an diesem Tag war es eindeutig zu spät. Sie hatte aber auch keine Lust, in Oberhausen zu bleiben. Oder doch? Was war mit Claires Wohnung? Sie stand ja leer. Und sie nahm Gift darauf, dass Mark Schenkel noch einen Schlüssel besaß. Das sagte ihr einfach ihr Bauchgefühl.

Sie fuhr zu seiner Wohnung.

»Frau Sturm?« Er erkannte sie sofort.

»Ja, ich muss Sie leider noch mal stören. Ich müsste noch einmal in die Wohnung von Claire. Sie haben doch sicher noch einen Schlüssel, nehme ich an.« Sie sagte es so beiläufig, dass er nicht auf die Idee kommen könnte, dass es ihn verdächtig machte.

»Ja, das stimmt«, sagte er dann auch. »Möchten Sie kurz hereinkommen?«

»Nein danke, es ist schon spät.«

»Gut, dann hole ich Ihnen den Schlüssel«, sagte Mark. Er sah wieder mal zum Anbeißen aus.

Nach wenigen Minuten kam er zurück und überreichte ihr den Schlüssel.

»Ich brauche ihn nicht zurück«, meinte er.

»Nein, sicher nicht«, bestätigte Eva. »Vielen Dank.«

Sie ging zu ihrem Wagen und fuhr zu Claires Wohnung.

Claire

Als Eva in Claires Wohnung kam, war es totenstill. Und im Prinzip hatte sie auch nichts anderes erwarten können. Doch es fühlte sich merkwürdig an.

Sie nahm wieder diesen Duft auf, der ihr schon bei ihrem ersten Besuch gefallen hatte. Es war betörend.

Eva fühlte sich dieser jungen Frau, die sie am Anfang für die Abtreibung indirekt verurteilt hatte, plötzlich verbunden, weil sie das Schicksal verband, dass man sie ein Leben lang angelogen hatte.

Sie ging in das Schlafzimmer und legte sich auf Claires Bett.

Doch sie kam so nicht zur Ruhe.

Sie ging ins Badezimmer und verspürte plötzlich den Drang, sich zu duschen. Sie wollte wissen, was Claire gefühlt hatte. Dann musste sie jetzt zu Claire werden.

Sie ließ ihre Kleider fallen und stieg in die Kabine. Das warme Wasser rieselte über ihren Rücken. Eva schloss die Augen und stellte sich vor, wie Claire hier gestanden hatte. Voller Angst und Selbstzweifel. Sie war schwanger und wollte es vielleicht gar nicht mehr sein? Warum sonst hätte sie abtreiben sollen? Ob es damit zusammenhing, dass ihre Eltern ihr offenbart hatten, dass sie gar nicht ihre Eltern waren? Hatte das etwas in Claire ausgelöst, so dass sie sich nicht mehr in der Lage sah, eine ehrliche Mutter zu sein?

Erst als ihre Haut schrumpelig wurde und der ganze Raum vernebelt war, merkte Eva, wie lange sie schon unter der Dusche gestanden hatte.

Sie stellte das Wasser ab und nahm sich ein weiches Badehandtuch, um sich trocken zu reiben.

Der Bademantel, der an einem Haken hing, passte ihr nicht. Deshalb nahm sie sich ein Saunatuch und wickelte es um ihren Körper. Dann rieb sie sich mit dem Körperöl ein, das auch Claire benutzt hatte. Es roch exotisch. Sie kämmte ihre Haare mit dem einzigen Kamm, der dort lag, und ging anschließend wieder ins Schlafzimmer und legte sich erneut aufs Bett.

»Claire«, sagte Eva leise, »ich möchte dich so gerne verstehen.«

Kurz darauf sank sie in einen traumlosen Schlaf.

Als sie wieder wach wurde, wusste sie im ersten Moment nicht, wo sie war. Das Licht der Flurleuchte schien sanft herein. Sonst war es stockdunkel im Raum. Dann realisierte Eva, dass es Claires Schlafzimmer war, in dem sie lag. Hier hatte sie Mark geliebt. Und nach allem, was Mark ihr erzählt hatte, da konnte es durchaus sein, dass Claire sich gar nicht freiwillig von ihm getrennt hatte.

Nein, sie blieb dabei. Mark kam als Täter nicht in Frage. Warum, das konnte sie mit stichhaltigen Argumenten nicht begründen. Aber er war es einfach nicht. Und die Speichelprobe würde es beweisen. Da war sich Eva sicher.

Sie war jetzt hellwach und richtete sich im Bett auf. Plötzlich fröstelte es sie, weil sie immer noch nur das Handtuch um sich trug.

Sie ging ins Bad und zog ihre Sachen wieder an. Sie musste wieder zu der Ermittlerin werden, wenn sie Claire wirklich helfen wollte.

Es war zwei Uhr in der Nacht. Sie setzte sich einen Kaffee an.

Während dieser durchlief, kramte sie ihr Handy aus der Tasche. Ole hatte versucht, sie anzurufen. Er hatte keine Nachricht hinterlassen, aber dafür eine Mail geschrieben. Hier in Oberhausen blieb Eva nichts anderes übrig, als diese auf dem kleinen Display des Smartphones zu lesen.

Ihr Herz machte einen Hüpfer, als sie die Nachricht geöffnet hatte. Gleich in der ersten Zeile stand, dass es über den Speicheltest einen Treffer gegeben hatte. Das war doch klasse, jetzt hatte man vielleicht Claires Mörder. Nein, ganz sicher sogar. Und in der zweiten Zeile, da blieb es dann fast stehen. Dieser Treffer, von dem Ole da sprach, das war Robert.

Es täte ihm leid, ihr das mitteilen zu müssen, schrieb er weiter, doch das verschwamm schon vor Evas Augen.

Robert! Sie musste sich setzen, um das zu verdauen. Konnte sie sich so in ihm getäuscht haben? Er hatte sie angelogen. Aber warum? Es war doch nicht schlimm, dass er mit Hotelgästen sprach. Jedenfalls ihr war es egal. Und wenn ein amouröses Abenteuer daraus wurde, was machte das schon. Sie waren doch alle erwachsen. Aber warum hat er mir nichts davon gesagt?, schrie es in ihr. Warum hat er es mir verheimlicht? Das war das Schlimmste, was er ihr antun konnte, denn jetzt war er zu ihrem Hauptverdächtigen geworden.

Sie ging zur Kaffeemaschine und schenkte sich ein. Doch sie brauchte jetzt was ganz anderes auf den Schrecken. Sie riss den Kühlschrank auf und fand tatsächlich eine Flasche Weißwein, die noch verschlossen war. Sie schraubte sie auf und setzte direkt an. Erst dann konnte sie wieder klar denken und wurde ruhiger.

Robert. War er der Mörder von Claire?

Und wenn ja, dann ließ sie jetzt wichtige Zeit verstreichen, indem sie hier in Oberhausen schlief. Sie musste doch jetzt mit Robert sprechen. Es musste einen Weg geben, der alles erklärte. Robert war doch kein Mörder. Sie hatte ihm so vertraut. Er hatte ihr den Weg zu ihrer Mutter gezeigt. Er konnte kein schlechter Mensch sein. Die Gedanken drehten sich immer wieder im Kreis. Bald war die Flasche Wein leer und Eva wurde träge.

Sie schleppte sich wieder zum Schlafzimmer und legte sich angezogen aufs Bett. Die Nacht sollte endlich vorbei sein, damit sie wieder nach Langeoog fahren konnte.

Die Wahrheit, nichts als die Wahrheit ...

Eva fühlte sich schlecht, als sie die Augen wieder aufschlug. Robert, war das Erste, was sie dachte. Sie quälte sich vom Bett hoch. Plötzlich kam ihr alles so irreal vor. Dass sie hier lag in der Wohnung einer fremden Frau. Dem Opfer. Was war mit ihr los, seitdem Jürgen nicht mehr an ihrer Seite war?

Jürgen. Erst die Sache mit der Liebe, die nicht mehr vorhanden war. Und dann die Nachricht, dass Robert vielleicht ein Mörder war. Geriet ihr Leben jetzt völlig aus den Fugen?

Sie schwankte ins Badezimmer, in dem sie sich gestern noch so wohl gefühlt hatte. Der Geruch, der ihr jetzt in die Nase stieg, bereitete ihr Übelkeit.

Sie schlug sich kaltes Wasser durchs Gesicht und vermied es, in den Spiegel zu sehen.

Sie verließ, ohne sich noch einen Kaffee zu machen, Claires Wohnung. Den Schlüssel nahm sie mit.

Vier Stunden später saß sie nach einer von hoher Geschwindigkeit geprägten Autofahrt auf der Fähre nach Langeoog. Es war ein merkwürdiges Gefühl. Die Insel sog sie wie ein trockener Schwamm an und doch stieß sie der Gedanke, was dort auf sie wartete, ab.

Sie setzte sich unter Deck, dort waren nicht so viele Menschen. Die Sonnenhungrigen reckten draußen ihre Gesichter der Sonne entgegen. Eva wollte nur noch alleine sein.

Auch hier holte sie sich weder etwas zu essen noch zu trinken. Sie fühlte sich wie innerlich tot. Kein Gefühl mehr, nirgendwo.

Als die Fähre anlegte, lief sie wie ein Roboter hinter dem Tross her zur Inselbahn. Das Geschnatter der vielen begeisterten Touristen nahm sie nur noch wie in Trance wahr.

Als sie ausstieg, wurde sie von einem jungen Mann angerempelt, der einen großen Rucksack auf dem Rücken trug. Er entschuldigte sich vielmals bei ihr, sie sah ihn nur mit leerem Blick an. Zombie, dachte sie. Ich bin ein Zombie.

Dann endlich kam sie in ihrer Wohnung an. Es hatte sie niemand gesehen oder angesprochen. Sie rannte ins Bad und übergab sich.

Danach zog sie die Kleidung aus und warf sie in den Wäschekorb. Dann stellte sie sich unter die Dusche und konnte gar nicht mehr aufhören, sich mit Seife einzuschäumen. Es sollte endlich aufhören, dieses dumpfe Gefühl.

Erst, als sie endlich einen Kaffee getrunken hatte, kehrten die Lebensgeister zurück. Doch auch das fühlte sich nicht viel besser an. Sie musste jetzt mit Robert sprechen. Daran führte kein Weg mehr vorbei.

Sie nahm ihr Handy und wählte seine Nummer. Sicher schlief er jetzt, weil er die Nacht über gearbeitet hatte. Doch darauf konnte sie keine Rücksicht nehmen.

»Eva?«, kam es dann auch gequält vom anderen Ende.

»Robert, ich muss mit dir sprechen. Komm bitte in meine Wohnung. Es ist dringend.«

»Jetzt?«, fragte er noch. Doch sie legte einfach auf. Sie war sich sicher, dass er verstand.

Und tatsächlich klopfte es keine fünfzehn Minuten später an ihre Tür.

»Eva, was um Gottes willen ist in dich gefahren?«, war das Erste, was Robert fragte, als sie aufmachte.

»Komm rein.«

Er gehorchte und sie schloss sofort die Tür hinter ihm.

»Du siehst ja grauenhaft aus«, stellte er fest.

»So geht es mir auch«, bestätigte sie. »Komm, ich habe Kaffee für uns gemacht.«

Er folgte ihr in die Küche, wo bereits alles auf dem Tisch stand.

»Setz dich«, befahl sie und er bekam es langsam mit der Angst zu tun. War seine Pflegeschwester durchgedreht? Hatte sie einen psychotischen Anfall aufgrund ihrer Reise in den Ruhrpott. Er wusste ja, dass die Luft da nicht die beste war. Und dann ihre Vergangenheit, die sich zum größten Teil dort abgespielt hatte. Das konnte schon an die Nerven gehen. Keine Frage.

»Eva, magst du mir jetzt endlich sagen, was mit dir los ist?«, fragte er.

Sie stemmte die Hände in die Seiten.

»Was mit mir los ist?«, blaffte sie ihn an und ihre Wangen glühten. »Na, du hast vielleicht Nerven.«

Er schreckte zurück und setzte sich an den Tisch.

»Ich verstehe nicht ...«, stammelte er.

»Sag mir jetzt die Wahrheit«, forderte sie ihn auf, »und zwar die ganze Wahrheit!«

»Aber sicher Eva«, sagte Robert unsicher. »Aber zuerst musst du mir wohl eine Frage stellen, oder?«

Eva schnaubte. War er wirklich so unverfroren?

»Hast du mit Claire Freitag geschlafen in der Nacht, als sie ermordet worden ist?«

Jetzt war es endlich raus. Sie hatte diese Frage wie einen giftigen Apfel ausgespuckt, der ihr versehentlich in den Hals geraten war.

Robert machte große Augen. Er sah nach links und nach rechts. Doch da war niemand, der ihm jetzt eröffnete, dass das alles ein blöder Scherz gewesen war und ihn aus dem Wahnsinn befreite.

»Eva, bist du verrückt geworden?«

»Ich!«, schrie sie zurück. »Wer hat denn hier die ganze Zeit gelogen, dass sich die Balken biegen? Ole hat mir das Ergebnis vom Speicheltest geschickt. Du hast mit Claire geschlafen in der Nacht. Und jetzt lüg mich ja nicht weiter an!«

Robert saß da, als habe man ihn geohrfeigt.

»Eva, ich schwöre dir bei ... bei dem Leben meiner Katze, ich habe nicht mit Claire Freitag geschlafen.« Er hob eine Hand zur Untermalung.

Für einen Moment war Eva ratlos.

»Und wie ist dann dein Sperma in ihre Vagina gekommen?«

Robert hob hilflos die Schultern. »Ich weiß es nicht, ehrlich. Ist es denn ganz sicher ... ich meine, solche Untersuchungen können ja auch mal fehlerhaft verlaufen.«

»Das Ergebnis ist eindeutig, sonst würde Ole mir das gar nicht schicken«, sagte Eva matt. In ihr arbeitete bereits die Frage, wie es sein konnte, dass es Roberts Sperma war, wenn es wahr war, was er sagte. Nämlich, dass er nicht mit Claire geschlafen hatte.

»Es muss eine Erklärung geben«, murmelte Robert. Schließlich ging es hier um Recht oder Unrecht für ihn. »Das lasse ich nicht auf mir sitzen. Eva, du musst mir helfen.«

»Und wie soll ich das anstellen, wenn du mir nicht die ganze Wahrheit sagst?«

»Es stimmt, ich habe dir nicht die ganze Wahrheit gesagt ...«

»Aha. Also doch!«

»Nein, ich habe nicht mit Claire geschlafen. Aber ich bin mit ihr am Strand spazieren gegangen, das ja.«

»Und warum hast du mir das nicht früher gesagt?«

»Weil ich einfach nichts mit der Sache zu tun haben wollte. Als Angestellter des Hotels darf ich kaum mit den Gästen reden, geschweige denn, mit ihnen spazieren gehen, verstehst du? Deshalb habe ich nichts gesagt. Ich habe doch nichts getan, außer mit einer äußerst sympathischen jungen Frau, die zudem auch noch mich angesprochen hat, ein wenig zu flanieren. Nun sag du mir mal, warum das so schlimm sein soll.«

Robert gewann seine Sicherheit wieder.

»Oh, das kann ich dir sagen mein lieber Robert, weil diese junge sympathische Frau, wie du sagst, in deinem Hotel unter einer Plastiktüte erstickt aufgefunden worden ist. Und ausgerechnet auf die Aussage meines Pflegebruders, dem ich so viel zu verdanken habe, ausgerechnet dem kann ich nicht einen Zentimeter über den Weg trauen.« Evas Stimme schwankte. Sie war mit den Nerven völlig am Ende.

Plötzlich sagte niemand von beiden mehr was. Es schien alles ausgesprochen. Und jetzt kam es darauf an, ob es noch einen Rest an Vertrauen gab, den Eva Robert entgegenbringen konnte.

Sie lehnte sich an die Wand und holte tief Luft.

»Gesetzt den Fall, ich glaube das, was du mir da erzählst«, begann sie vorsichtig, »wie kommt dann dein Sperma in das Opfer?«

Robert spürte, dass sie ihm vertrauen wollte. Um jeden Preis.

»Eva, es gibt da noch etwas, was ich dir sagen sollte«, begann er.

Sie schloss die Augen und hörte weiter zu.

»Also, ich habe tatsächlich mit einer Frau geschlafen. Ich meine, hier auf der Insel im Hotel«, fuhr Robert fort, als sie nichts weiter sagte. »Mein Gott, ich bin doch auch nur ein Mann.«

»Und wer war es?« Eva hatte die Augen wieder geöffnet und starrte ihn an.

»Gertrud«, sagte Robert.

»Gertrud? Welche Gertrud?«

»Na, das Zimmermädchen«, antwortete Robert. »Sie hat Claire tot in ihrem Hotelzimmer gefunden.«

Jetzt musste Eva sich setzen. Sie erinnerte sich an die Frau, die sie verhört hatte. Und natürlich war es nicht schlimm, wenn Robert mit ihr ins Bett gegangen war. Doch wie um Himmels willen passte das alles überhaupt noch zusammen? Er schlief mit einer Frau und sein Sperma wurde in einer anderen gefunden. Vielleicht sollte sie sich noch einmal mit dieser Gertrud unterhalten. Möglicherweise war sie gar nicht so harmlos, wie es schien.

»Okay«, sagte sie kleinlaut. »Ich glaube dir, Robert.«

»Danke Eva. Ich sage wirklich die Wahrheit, ich hatte nichts mit Claire.«

»Gut, dann sollten wir die ganze Sache hier vergessen.«

»Na, so einfach ist das wohl nicht. Schließlich will mir jemand was anhängen.«

»Das stimmt. Und ich werde auch rausfinden wer«, sagte Eva. »Verlass dich darauf.«

Robert verabschiedete sich, nachdem sie noch einmal alles durchgegangen waren, was für den Fall von Belang war.

Eva ging unter die Dusche und nahm sich vor, gleich zu Roberts Hotel zu gehen und diese Gertrud zur Rede zu stellen.

Doch als sie eine halbe Stunde später dort ankam, berichtete Robert ihr, dass Gertrud Hals über Kopf abgereist sei am Nachmittag. Er hätte davon auch erst jetzt erfahren, als er sich nach ihr erkundigt hatte.

»Ich muss alles über diese Gertrud wissen, sofort!«, sagte Eva.

Robert ging ins Personalbüro, um ihr die Unterlagen zu holen.

Eva rannte damit förmlich in die Dienststelle. Und nach zwei Stunden wusste sie, dass es diese Gertrud mit den von ihr angegebenen Daten nie gegeben hatte.

Jürgen

Am liebsten hätte Eva den gestrigen Tag wie einen zähen Kaugummi in die Länge gezogen und dann ausgespuckt. Doch irgendwann gingen die Stunden vorbei und sie war bei Robert in der Bar gelandet. Sie bestellte sich einen guten Whisky und einen Rotwein. Robert kommentierte das nicht. Er trank sogar einen Whisky mit, obwohl es dem Personal verboten war, während des Dienstes zu trinken. Doch das war ihm völlig egal gewesen. Sollte man ihn doch rausschmeißen. Er würde sowieso nie wieder auf die Insel kommen, wenn der Sommer vorbei war, sagte er zu Eva.

Er fragte nicht, warum sie sich betrank. Und sie verriet ihm nicht, dass es ihr vor dem Gedanken graute, in ein paar Stunden Jürgen gegenüberzustehen.

Um den Tag zu überstehen, hatte sie versucht, sich anhand ihres Gedächtnisses ein Bild von Gertrud zu zeichnen. Sie war nicht gut darin und so kam nur ein dämliches rundes Gesicht dabei heraus. Den Vertrag, den Gertrud mit falschem Namen unterschrieben hatte, schickte sie per Eilboten in die KTU nach Oldenburg, um so vielleicht weiterzukommen. Außerdem bestellte sie einen Phantomzeichner für den nächsten Tag auf die Insel. Sie musste diese Frau unbedingt finden.

Gegen ein Uhr, als die Bar nur noch ein paar einsame Seelen beherbergte, war sie schließlich zu ihrer Wohnung gegangen und hatte sich samt Kleidung aufs Bett geworfen und in ihr Kissen geweint.

Jetzt schlug sie die Augen wieder auf und spürte einen stechenden Schmerz hinter der Stirn. Sie rieb mit der flachen Hand darüber. Doch es würde heute wohl nicht ohne Schmerzmittel gehen.

Ihr Wecker sagte, dass sie aufstehen musste. Ob sie wollte, oder nicht.

Sie ging ins Bad und kam unter dem warmen Wasser wieder zu sich.

Heute kam Jürgen zurück. Da musste die Mordermittlung einmal hintenanstehen. Sie war es ihm schuldig, ihm die Wahrheit zu sagen.

Bei einem Kaffee studierte sie die Tageszeitung, nachdem sie ihr Handy kontrolliert hatte und niemand etwas von ihr wollte. In der Sonne konnte sie jetzt noch nicht sein, also stellte sie nur die Terrassentür auf, um wenigstens die frische Luft hereinzulassen.

Ihr Handy piepte. Jürgen hatte eine SMS geschrieben. Er sei bereits auf der Fähre und freue sich auf den Abend beim Italiener. Ihr blieben noch gute achte Stunden

Galgenfrist. Wie um alles in der Welt sollte sie die überleben?

Irgendwie schaffte sie es dann doch in die Dienststelle und bekam wieder einen klaren Kopf. Sie durchforstete noch einmal alle Hinweise. Robert informierte sie telefonisch, dass er den Phantomzeichnern, so gut es ging, geholfen hatte. Vielleicht fand man Gertrud ja doch.

Eva las noch einmal alle Berichte von Ole durch. Da gab es keine Lücken. Außerdem gingen die Ergebnisse der Schriftproben von Claires Eltern und Mark ein. Keine Übereinstimmung mit dem Zettel unter dem Kopfkissen.

»Stirb leise ...«, sagte Eva für sich. Was konnte das zu bedeuten haben? Wem hatte Claire etwas angetan? Und warum musste es lautlos vonstattengehen, wenn sie dafür bestraft wurde?

Sie griff zum Telefon und rief Ole an.

»Eva?«, sagte er nur, als er abnahm.

»Ole, du musst die Unterschrift auf Gertruds Vertrag mit dem Zettel unter Claires Kopfkissen vergleichen«, sagte sie hektisch.

»Welche Gertrud?«

»Das Zimmermädchen, das Claire gefunden hat«, erklärte Eva. Ole konnte ja nicht wissen, welche Dramatik sich in den letzten vierundzwanzig Stunden auf der Insel abgespielt hatte. »Sie ist jetzt meine Hauptverdächtige. Sie hat die Insel heimlich verlassen. Sie hat nicht ihren richtigen Namen benutzt.«

»Ach so, ja, ich habe von deiner Anfrage wegen eines Phantombildes gehört. Sorry, wenn ich nicht gleich geschaltet habe.«

»Macht nichts. Wichtig ist, dass ihr die Schriftprobe vergleicht.«

»Alles klar.«

Ole legte auf.

Und dann waren die Stunden praktisch wie im Flug vergangen. Eva scrollte sich durchs Internet, als sei es ihr größtes Hobby. Auch den Facebook-Account von Claire nahm sie sich noch einmal vor.

Dann klopfte es plötzlich an die Tür der Dienststelle.

»Herein«, sagte Eva in leiser Vorahnung.

Die Tür ging auf und Jürgen stand da, als sei er nie weg gewesen.

»Hallo Eva«, sagte er. »Ich dachte mir, ich hole dich einfach ab.«

»Jürgen, ja, das kann ich jetzt wirklich brauchen«, wich sie aus. »Mir raucht der Kopf. Der Fall ist wieder mal eine harte Nuss.«

»Dann habe ich wohl gefehlt«, sagte er lachend.

»Auf jeden Fall«, bestätigte sie und wich seinem Blick aus.

Sie registrierte, dass er nicht zu ihr hinter den Schreibtisch kam. Er legte keine Arme um sie und vermied es auch, sie zu küssen. Ahnte er vielleicht schon was? Er war ja nicht dumm. Die letzten Wochen, in denen sie kaum noch etwas voneinander gehört hatten, waren ja auch an ihm nicht spurlos vorbeigegangen.

Wie zwei Fremde, oder nein, eher wie zwei Menschen, die Angst hatten, sich aneinander anzustecken, liefen sie in ungewöhnlicher Distanz zueinander gemeinsam zu ihrem Lieblingsitaliener.

Eva war froh, dass Jürgen und der Kellner sich eine Menge zu erzählen hatten, weil sie sich nach Wochen wiedersahen. So konnte sie in aller Ruhe überlegen, wie sie es anstellen würde, Jürgen die Wahrheit zu sagen.

Es bildete sich Schweiß unter ihren Armen. Zum einen war es ziemlich warm im Restaurant und zum anderen hatte sie einfach ein schlechtes Gewissen und Angst davor, wie Jürgen reagieren würde. War es überhaupt klug, ihn in aller Öffentlichkeit mit dem Aus ihrer Liebe, oh nein, das würde sie lieber nicht sagen. Es reichte auch, vom Aus der Beziehung zu sprechen, wobei sie es für fraglich hielt, ob sie wirklich eine solche gehabt hatten. Sie hatten nie zusammengelebt. Und das gehörte ihrer Meinung nach schon dazu.

Dann hörte sie, wie Jürgen »das Übliche« bestellte und sich lachend zu ihr an den Tisch setzte.

»Es tut gut, wieder hier zu sein«, sagte Jürgen.

»Das glaube ich dir ...«, erwiderte Eva und nestelte an ihrer Tasche herum. »Verdammt, immer, wenn man es braucht, dann findet man sein Handy nicht.«

»Musst du jemanden anrufen?«

»Nein, aber es könnte ja sein, dass Ole sich gemeldet hat oder die Kollegen in Oberhausen haben was Neues rausgefunden.«

»Klar. Ach, irgendwie hat mir diese Aufregung mit dir gefehlt.« Er zwinkerte ihr zu und sie schob die Tasche wieder unter den Tisch.

»Warst du schon in der Touristinfo?«, fragte sie, um auch Interesse für seine Belange zu zeigen.

Er nickte. »Alles Top. Ich kann mich wirklich auf meine Mitarbeiter verlassen. Und da denkt man immer, man ist unentbehrlich.«

»Niemand ist unersetzbar«, murmelte Eva. Hoffentlich bekam er das jetzt nicht in den falschen Hals.

Dann trat der Kellner mit einer, wie er sagte, ganz besonderen Flasche Rotwein an den Tisch und schenkte beiden ein.

»Auf einen schönen Abend«, sagte Jürgen und hielt ihr sein Glas zum Anstoßen hin.

»Ja, auf einen schönen Abend«, pflichtete Eva bei und war fast nicht in der Lage, ihm dabei in die Augen zu sehen.

»Der Fall nimmt dich wohl ganz schön mit«, meinte Jürgen, der ihren verkniffenen Gesichtsausdruck gesehen hatte.

»Stimmt«, Eva nahm noch einen weiteren großen Schluck und stellte ihr Glas dann wieder ab. »Es gibt jetzt allerdings so viele Fakten, dass ich denke, dass wir den Täter bald fassen werden.«

»He, das glaube ich gerne. Und du hast schon einen konkreten Verdacht?«

Eva nickte. »Im Prinzip schon. Ich kann mir nur noch keinen Reim auf das Motiv machen. Ich denke, dass es die Hotelangestellte gewesen sein könnte, die das Opfer, also Claire, gefunden hat.«

»Aha. Und ein Motiv fehlt dir noch?«

»Allerdings. Und auch der Verdacht ist wirklich vage, weil ich sie bisher nicht befragen konnte. Sie ist nämlich einfach verschwunden von der Insel. Und das ist doch verdächtig genug. Außerdem hat sie etwas mit Robert angefangen ...«.

»Mann, das muss ja eine umtriebige Frau sein«, meinte Jürgen.

»Du kannst deine männlichen Fantasien wieder einfangen«, lachte Eva. »Sie ist eine totale Durchschnittsfrau und schon über vierzig.«

»Das sind die Schlimmsten«, sagte er und grinste.

»Haha ... tja und außerdem hat man Roberts Sperma auch in dem Opfer gefunden.«

»Jesses.«

»Du sagst es. Aber er beteuert, dass er nichts mit Claire gehabt hat.«

»Da spricht aber wohl alles gegen ihn.«

»In der Tat. Wie soll denn sein Sperma in Claire gelangt sein, wenn er nicht mit ihr verkehrt hat.«

Der Ober kam noch einmal an den Tisch und stellte zwei extragroße Pizzen ab, wobei eine dreifach Käse hatte. Zur Feier des Tages, sagte er und wünschte einen guten Appetit.

»Wow, der meint es aber gut mit mir«, lachte Jürgen. »Dreifach Käse, das könnte mein neues Pizzaerlebnis werden.« Mit großem Appetit schnitt er sich ein erstes Stück ab und schob es sich in den Mund.

Eva sah auf den riesigen Teller vor sich und wünschte sich einen Salat. Jürgen zuliebe schnitt auch sie sich ein Stück von ihrer Pizza ab und kaute darauf herum wie auf einer alten Schuhsohle.

»Schmeckt es dir nicht?«, fragte Jürgen.

»Doch doch ... ich muss mich nur wieder an Pizza gewöhnen.«

»Du hast wirklich die ganze Zeit, wo ich weg war, keine gegessen?«

»Nein, nicht eine.«

»Hm ... ich glaube, du hast ein bisschen abgenommen«, stellte er fest und ärgerte sich sofort. »Also nicht, dass ich mir das gewünscht hätte, es ist nur so, dass ...«, druckste er herum.

»Schon gut«, lachte Eva. »Ich weiß, dass du es nicht böse meinst. Aber im Ernst, ich habe mir abends oft einen Salat gemacht und dazu Obst gegessen und Wein getrunken. Draußen auf meiner Terrasse war das ein herrliches Vergnügen.«

Jürgen sah sie neugierig an. »So ganz alleine?«, fragte er.

Ja, gerade alleine, dachte Eva und nickte nur.

Sie beschlossen, ohne dass sie es laut aussprachen, für einen Moment ruhig zu sein. Jeder ging seinen Gedanken nach und bald war Jürgens Pizzateller leer, während Eva noch über die Hälfte nicht gegessen hatte.

»Die ist kalt«, sagte Jürgen. »Lass sie einfach zurückgehen. Du musst wegen mir keine Pizza mehr essen.«

Eva horchte auf. Was hatte das zu bedeuten, dieses »mehr«?

»Vielleicht vertrage ich einfach nicht mehr so viel Fett«, versuchte sie eine Erklärung zu finden.

»Schon gut. Eigentlich war mir dieser ganze Käse auch zu viel. Sicher hat er es nur gut gemeint, der Koch.«

»Du hast übrigens zugenommen«, lachte Eva. »Ich glaube, mir steht so eine Bemerkung zu.«

Er kicherte. Dann sah er sie ernst an.

»Eva, ich muss dir etwas sagen ...«

Er sah plötzlich so erwachsen aus, als er das sagte, fand Eva.

»Ich muss dir auch etwas sagen ...«, presste sie zwischen Mund und Weinglas hervor.

»Dann sag du erst ...«

»Nein, du«, bat Eva. »Hier lasse ich ausnahmsweise mal dir den Vortritt.«

Jürgen winkte dem Kellner zu und bestellte noch eine Flasche Rotwein.

Muss ja was wirklich Schlimmes sein, dachte Eva, wenn ich dazu besoffen sein muss. Doch ihr war es recht. Was sie zu sagen hatte, kam sicher auch besser rüber, wenn man nicht mehr so aufnahmefähig war und nicht klar denken konnte.

Als die Gläser wieder gefüllt waren und der Ober sich entfernt hatte, prosteten sie sich noch einmal zu. Eva fand, dass Jürgens Blick irgendwie merkwürdig war. Was würde er ihr sagen wollen? Ging es ihm ähnlich wie ihr und er hatte erkannt, dass sie eigentlich gar nicht zueinander passten? Wäre schon toll, wenn er ihr in dieser Hinsicht zuvorkäme. Sie stand dazu, dass sie nicht mutig war, wenn es um so persönliche Wahrheiten ging.

»Eva«, begann Jürgen und sie fragte sich in diesem Moment, ob er vielleicht sterben würde, so ernst sah er in diesem Moment aus. Ob er an einer tödlichen Krankheit litt? War vielleicht der entfernte Verwandte, wegen dem er auf dem Festland gewesen war, nur eine Erfindung gewesen und Jürgen hatte Krebs? Teilnahmsvoll sah sie ihn an.

Er missinterpretierte ihren Blick natürlich und fragte: »Geht es dir nicht gut, Eva? Sollen wir lieber nach draußen an die frische Luft gehen?«

»Nein nein, schon gut. Sag ruhig, was du zu sagen hast. Ich bin stärker, als du denkst.« Sie seufzte.

»Das weiß ich«, sagte Jürgen. »Trotzdem fällt es mir nicht leicht.«

»Du bist nicht alleine, wirklich. Du kannst mir alles sagen. Es gibt immer einen Weg, auch wenn man denkt, man hat jede Therapie probiert und es gibt keine Chance mehr.«

Er zog die Augenbrauen hoch. »Therapie?«

»Na ja, guck mal, es gibt immer wieder Ausnahmefälle. Nicht jeder stirbt gleich an Krebs.«

»Krebs?«

»Ist es nicht Krebs?«

»Ich weiß nicht, was du meinst.«

»Na, du willst mir doch sagen, dass du krank bist, oder etwa nicht?«

Jürgen griff nach seinem Glas. »Nun, krank würde ich das nicht unbedingt nennen ...«, wich er aus.

»Na, Gott sei Dank«, sagte Eva und nahm ebenfalls einen großen Schluck Rotwein. »Aber was ist es dann? Irgendwas muss doch sein.«

»Ja Eva«, begann Jürgen von vorne. »Es ist etwas passiert. Aber es ist nicht das, was du denkst. Ich bin nicht krank, es geht mir gut. Es geht mir sogar ganz ausgezeichnet.«

»Hm ...«. Jetzt verstand sie gar nichts mehr. Warum machte er dann so ein Geheimnis um das, was er ihr sagen wollte? Wie würde er dann erst gucken, wenn sie ihm ihre Wahrheit erzählte? Gar nicht auszudenken.

»Eva, ich will jetzt einfach nicht mehr länger um den heißen Brei herumreden, so bin ich nicht. Klare Kante, das war immer mein Motto. Ich muss es dir jetzt einfach sagen, auch wenn es mir nicht leicht fällt ...«.

Sie sah ihn mit großen Augen an.

»Eva, ich habe mich in eine andere Frau verliebt.«

Endlich war es raus. Er griff schnell wieder nach seinem Glas, versuchte praktisch, sich dahinter zu verstecken wie ein kleines Kind.

Dann brach Eva in erfrischendes Lachen aus.

Also, er hatte wirklich mit allem gerechnet. Dass sie aufstand, ihm ihr Weinglas an den Kopf warf, ihn anschrie und ihre Bluse zerriss. Irgendwas in der Art von Eva, die er kannte. Aufbrausend, emotional und total übertrieben. Doch damit, dass sie einfach lachte, konnte er nicht umgehen. War das vielleicht eine Überreaktion? Hatte sie zuviel getrunken und ihn nicht richtig verstanden? Nahm sie ihn nicht ernst und hielt es für einen Scherz? Kam gleich der eigentliche Zorn aus ihr heraus und sie fing an zu toben?

Doch nichts dergleichen geschah.

Eva lachte, bis ihr die Tränen die Wangen herunterliefen. Dann wischte sie mit dem Ärmel darüber und sah ihn mit leuchtenden Augen an.

»Jürgen, das ist das Schönste, was du mir seit langem gesagt hast«, flüsterte sie. »Wie heißt sie denn?«

»Gunda«, sagte Jürgen verwirrt. »Aber ich hätte nicht gedacht, dass du es so leicht nehmen würdest. Oder hast du schon davon gewusst?«

Sie schüttelte heftig den Kopf. »Nein. Aber, wenn wir schon bei der Wahrheit sind ... ich wollte dir heute etwas Ähnliches sagen.«

Jürgen sah sie verdattert an. »Du auch?«

»Nein, ich habe niemanden kennen gelernt«, fuhr Eva fort. »Aber ich wollte dir sagen, dass ich denke, dass es mit uns ... nun ja, dass es wohl nicht wirklich geht auf Dauer.«

»Echt? Das wolltest du mir sagen? Wow.«

»Genau. Deshalb habe ich gerade so erleichtert reagiert, sei mir bitte nicht böse. Es ist mir ein riesengroßer Stein vom Herzen gefallen. Ich wusste gar nicht, wie ich es dir schonend beibringen sollte, dass wir nicht das ideale Paar sind.«

Jetzt lachte Jürgen aus vollem Hals. »Das waren wir doch noch nie, Eva.«

Wieder hoben sie ihre Gläser und stießen an. Plötzlich schwitzte Eva nicht mehr, sondern fühlte sich pudelwohl.

»Wird sie nach Langeoog kommen?«, fragte sie.

»Wer?«

Jürgen schaltete mal wieder nicht und Eva verdrehte die Augen.

»Na, deine Gunda.«

»Ach so. Ne, erst mal nicht. Sie hat ja auch ihren Job in Pewsum. So einfach ist das alles nicht.«

»Was macht sie denn? Wenn ich überhaupt fragen darf, meine ich.«

»Klar, du bist doch von der Polizei«, schmunzelte Jürgen. »Gunda ist Bäckereifachverkäuferin, sechsunddreißig und gerade frisch geschieden.«

Also eine Jüngere, dachte Eva zerknirscht. Doch eigentlich konnte selbst das ihr nichts mehr anhaben. Sie war endlich wieder frei. Das alleine zählte.

»Das klingt doch sehr sympathisch. Und auf der Insel gibt es immer wieder freie Stellen. Oder willst du etwa wieder an Land gehen?«

Jürgen zog die Schultern hoch. »Keine Ahnung. Im Moment planen wir noch nicht so weit. Aber am nächsten Wochenende will sie tatsächlich auf die Insel kommen. Sie ist schon ganz gespannt auf dich.«

»Du hast ihr von mir erzählt?«

»Na klar, hab ich doch gesagt, ich liebe klare Kante.«

»Dann wartet sie jetzt sicher auf das Ergebnis, oder?«

»Ergebnis?«

»Na, sie weiß doch sicher, dass du es mir heute sagen willst. Ruf sie ruhig an.«

»Ja, darf ich? Danke, Eva. Ich bin gleich wieder da.«

Jürgen stand auf und ging nach draußen, um Gunda anzurufen.

Kindskopf, dachte Eva, als sie ihm nachsah. Er war ein lieber Kerl, aber eben nicht Mister Right. Jedenfalls nicht für sie.

Als sie so alleine am Tisch saß und sich umsah, merkte sie, wie der Raum langsam anfing, sich zu drehen. Sie hatten eindeutig zu viel Rotwein gebraucht für die Wahrheit. Doch schlecht ging es ihr nicht. Nein, im Gegenteil. Es ging ihr sogar ganz hervorragend. Der dicke Klumpen in ihrem Magen war verschwunden. Sie würde niemals mehr Pizza essen müssen und Jürgen war glücklich und frisch verliebt. Na ja, vielleicht würde sie hin und wieder mal mit ihm Pizza essen, sie konnten ja Freunde bleiben. Und als Freund war Jürgen genau der Richtige. Man konnte sich hunterprozentig auf ihn verlassen. Es war eine schöne Zeit gewesen mit ihm. Plötzlich liefen kleine Tränen aus ihren Augenwinkeln und sie musste schniefen. Es hatte auch etwas Endgültiges, dass Jürgen jetzt nicht mehr an ihrer Seite war, um ihren

Rettungsanker zu spielen. Sie würde künftig alle Fälle alleine lösen müssen. Oder jedenfalls würde sie überall alleine hinfahren müssen. So wie nach Oberhausen. Die Fahrt mit dem BMW hatte ihr Spaß gemacht. Eigentlich trat sie gerne mal das Gaspedal durch. Doch als sie auf die Insel gekommen war, da hatte sie kaum noch Selbstvertrauen gehabt. Und so war sie Jürgen in die Hände gefallen. Kein Wunder, dass jeder dachte, sie bekäme alleine gar nichts hin. Das würde sich ab heute Abend gründlich ändern.

Ein neuer Tag im neuen Leben

Als Eva am nächsten Morgen aufwachte, glaubte sie zunächst, zu träumen. Und das hatte sie tatsächlich getan. Und zwar ziemlich krude Sachen.

Und plötzlich war es ihr klar gewesen, was passiert sein musste, als ihr langsam wiederkehrendes Bewusstsein aus der Traumwelt Abschied nahm und sich wieder mit dem Hier und Jetzt verband. Sie hatte Claire gesehen im Traum. Jedenfalls fühlte es sich so an, als sei sie es gewesen. So sicher konnte man das ja nie sagen, wer die Personen in den Träumen waren. Man fühlte einfach, wer sie sein sollten. Und dann reimte sie sich zusammen, wie das Sperma von Robert in das Opfer gelangt sein konnte.

Robert hatte gesagt, dass er etwas mit Gertrud gehabt hatte. Sie waren im Bett gelandet. Und was war, wenn diese Frau es nur darauf angelegt hatte, um an sein Sperma zu gelangen? Es war eine ekelhafte Vorstellung, aber Eva wusste auch, dass es Frauen gab, die so etwas machten, um dem Mann eins auszuwischen. Dafür gab es die verschiedensten Gründe. Eifersucht, eine abrupt beendete Liebesbeziehung oder einfach Boshaftigkeit. Aber was war der Beweggrund bei Gertrud gewesen?

Hoffentlich konnte man die Frau anhand des Phantombildes identifizieren und aufspüren.

Eva rieb sich über die Stirn. Ihr Kopf war ein wenig schwer, aber sie hatte keine Migräne oder dergleichen. Bestimmt wäre sie topfit, wenn sie erst mal geduscht hatte.

Bei einem starken Kaffee, den sie auf ihrer Terrasse trank, dachte sie über den gestrigen Abend nach. Jürgen war jetzt mit einer anderen Frau zusammen, und das war gut so. Sie gönnte ihm das Glück von Herzen. Hoffentlich hatte er verstanden, wie ernst es ihr damit war.

Ihr Handy blinkte auf. Es war eine SMS von Jürgen. *Guten Morgen, liebe Freundin*, schrieb er. *Ich wünsche dir einen schönen Tag!*

Ach, das Leben konnte so unkompliziert sein. *Den wünsche ich dir auch*, schrieb sie zurück. *Danke für deine Freundschaft, Eva.*

Und jetzt stiegen ihr schon wieder Tränen in die Augen. Auch wenn der Verstand sagte, dass es genau richtig war, so wie sie es machte, so war da doch noch ihr Herz, dass die Trennung auf seine ganz eigene Art verarbeiten musste. Ein Verlust tat immer weh. Auch wenn man wusste, dass es richtig war.

Sie schnäuzte sich in ein Papiertaschentuch und lachte. Gefühle waren das Verrückteste, was es gab.

Als sie dann die Zeitung zur Hand nahm, um ihr Herz ein wenig abzulenken, klingelte ihr Handy. Es war der Kollege aus Oberhausen. Schnell ging Eva ran.

»Hallo Eva«, begrüßte er sie. »Was macht die Insel?«

»Oh, alles bestens, viel Wasser drumherum.«

»Kling gut. Du, weshalb ich anrufe ... es gab einen Treffer bei den Schriftproben.«

»Echt? Wer war es?«

»Diese Frau, die als Zimmermädchen gearbeitet hat. Sie muss den Zettel geschrieben haben. Das sagt jedenfalls unser Graphologe und meistens liegt er richtig.«

»Verdammt. Ich habe es schon geahnt. Wir müssen diese Frau unbedingt finden.«

»Wir sind dran. Das Phantombild ist heute auf allen Kanälen zu sehen und steht auch in der Presse. Das müsste schon mit dem Teufel zugehen, wenn wir sie nicht finden.«

»Tja, aber was ist, wenn sie gar nichts aus Nordrhein-Westfalen kommt? Ihre Angaben in dem Vertrag können ja gelogen sein.«

»Bestimmt. Aber meistens bleibt man seiner Heimat treu, selbst wenn man einen falschen Namen annimmt.«

»Tatsächlich? Das habe ich noch nie gehört.«

»Doch, das ist uns bei den Ermittlungen schon öfter aufgefallen.«

»Man lernt nie aus«, sagte Eva. »Danke für den Tipp. Und sag mir Bescheid, sobald sich was ergibt.«

»Klar, mach ich.«

Sie legten auf.

Das war wirklich ein Durchbruch. Mit einem kleinen Jubelschrei ging Eva in die Küche und schenkte sich noch einen Kaffee ein.

Was mache ich jetzt?, fragte sie sich, als sie wieder auf der Terrasse saß. Nach kurzem Überlegen griff sie zum Handy und rief Robert an.

»Wir müssen uns treffen«, sagte sie, als er schlaftrunken abgenommen hatte. »Kannst du zu mir nach Hause kommen?«

»Klar Eva, aber was ist denn los?«

»Das erzähle ich dir gleich. Beeil dich.«

Sie legten auf.

Sie freute sich schon darauf, ihm Entwarnung zu geben. Er war jetzt ja nicht mehr verdächtig. Doch war das wirklich richtig?, fragte sie sich im nächsten Moment. Hatte sie ihm deshalb eben noch nichts davon am Telefon gesagt, weil sie sich nicht sicher war, dass er nichts damit zu tun hatte? Es war wie ein Bauchgefühl gewesen, dass sie davon abgehalten hatte. Und meistens war es gut, wenn sie darauf hörte.

Bei der Motivsuche durfte man nie von dem ausgehen, was man selber tun würde oder dachte. Man musste sich immer in den Täter hineinversetzen.

Sie schloss die Augen, um zu Robert zu werden.

Er hatte mit Gertrud geschlafen. Und gesetzt den Fall, dass sie ihn tatsächlich nur benutzt hatte, um an sein Sperma zu kommen, um es dann bei Claire zu deponieren, dann konnte es nur bedeuten, dass sie den Verdacht von sich selber lenken wollte. Soweit, so gut.

Und dass die Schriftprobe gegen sie sprach, kam erschwerend hinzu.

Aber es gab auch noch eine andere Möglichkeit, die sie nicht außer Acht lassen durfte, nur damit Robert nicht im Fokus der Ermittlungen stand.

Was war, wenn er am Ende doch etwas mit Claires Tod zu tun hatte?

Er konnte nämlich genauso gut die Beweise gefälscht haben. Er konnte mit Claire geschlafen haben. Dann wäre sein Sperma auf ganz natürlichem Weg bei ihr gelandet. Und so eine Schriftprobe war nie ein hundertprozentiger Beweis. Was war, wenn Robert die Anmeldedaten von Gertrud noch einmal selber ausgefüllt hatte und dann den Zettel geschrieben hatte, der unter Claires Kopfkissen gefunden worden war?

Eva bekam einen trockenen Hals bei diesen Überlegungen. Vielleicht hatte sie viel zu schnell bei Robert angerufen und ihn herbestellt. Verdammt. Manchmal war sie auch viel zu impulsiv, da hatte Jürgen schon recht. Am liebsten hätte sie jetzt alles mit ihm besprochen.

Das Einzige, was im Moment für Roberts Unschuld sprach, war, dass Gertrud sich aus dem Staub gemacht hatte. Es sah nie gut aus, wenn man verschwand, obwohl die Polizei darum gebeten hatte, für weitere Fragen zur Verfügung zu stehen.

Plötzlich schlug Evas Herz wie wild. Was war, wenn Gertrud gar nicht abgehauen war, sondern Robert sie hatte verschwinden lassen? Vielleicht war Gertrud auch tot?

»Eva?«

Ihr Herz blieb fast stehen, als sie plötzlich Roberts Stimme neben sich hörte.

»Robert!«, rief sie aus, »du hast mich zu Tode erschreckt.«

»Sorry, das wollte ich nicht. Aber du hast nicht aufgemacht.«

»Oh, das muss ich wohl nicht gehört haben. Schon gut. Ich war nur in Gedanken. Ich mache uns mal einen Kaffee. Setz dich doch schon mal in die Sonne.«

Fahrig griff sie nach ihrem alten Kaffeebecher, um sich gleich einen neuen mitzubringen.

»Ist alles in Ordnung?«, fragte er, doch sie hörte schon gar nicht mehr hin.

Ihre Hände zitterten, als sie das Kaffeepulver in den Filter gab. War sie jetzt hier mit einem Mörder alleine im Haus? Drehte sie jetzt völlig durch?

Sie hatte keine Schriftprobe von Robert zur Untersuchung gegeben, weil ja schon die Speichelprobe positiv gewesen war.

Sie musste das nachholen. Aber wie stellte sie es an, eine Schriftprobe von ihm zu bekommen?

Als sie neue Kaffeebecher aus dem Schrank zog, fiel ihr einer runter und zerbrach mit einem lauten Knall auf den Küchenfliesen.

»Ist was passiert?«, rief Robert von draußen und war im nächsten Moment bei ihr in der Küche.

»Nein, nicht schlimm. Mir ist nur ein Becher runtergefallen«, sagte sie und begann, die Scherben, die teilweise ziemlich spitz waren, mit den Händen aufzusammeln.

»Ich kann dir helfen«, bot Robert an.

»Nein, lass nur, nimm bitte einen Neuen aus dem Schrank und gieße den Kaffee ein. Ich hab das hier gleich fertig.«

Aus dem Augenwinkel sah sie, dass er sich dem Schrank zuwendete. Und dann kam ihr eine Idee.

»Aua«, rief sie im nächsten Moment betont laut und gequält aus.

»Was ist?« Er bückte sich zu ihr herunter. »Oh Gott, du blutest.«

»Ach, macht nichts. Es war nur der Schreck, weshalb ich geschrien habe. Kannst du vielleicht ein Pflaster aus dem Bad holen?«

»Klar«, sagte er und war in wenigen Schritten dort und sie hörte, wie er in dem Schrank herumkramte.

»Ausgerechnet die rechte Hand«, jammerte Eva. Sie hielt sie bereits unter das laufende kalte Wasser in der Küche.

»Ja, das ist immer blöd«, stimmte Robert zu. Er wartete, bis sie ihre Hand mit Küchentüchern trocken gerieben hatte und versorgte dann die Wunde am rechten Zeigefinger und wickelte Verbandsmull und Pflaster darum.

»Man könnte meinen, mir wurde der Kopf abgerissen«, lachte Eva und hielt ihren dick eingepackten Finger hoch.

»Schön, dass du schon wieder lachen kannst«, sagte Robert. Dann trug er die Becher nach draußen und Eva folgte ihm.

»Was wolltest du denn so Dringendes mit mir besprechen«?«, fragte er, als sie sich an den Tisch gesetzt hatten.

»Oh das«, machte Eva eine wegwischende Handbewegung. »Es ging um Gertrud. Ich wollte dich noch einmal zu deiner Beziehung zu ihr befragen.«

»Ach ja? Eigentlich habe ich dich doch schon alles gesagt«, meinte er.

»Schon, aber du weißt ja, wie das ist. Manchmal klingelt's erst beim dritten oder vierten Mal, wenn man etwas hört«, erwiderte Eva. Sie hatte nicht vor, ihm zu sagen, dass die Schriftprobe von Gertrud ein positives Ergebnis gebracht hatte. Doch wie kam sie jetzt an seine heran?

»Na ja, es war, wie ich schon gesagt habe. Sie kam neu ins Hotel und war alleine. Genau wie ich. Und abends ist sie dann an die Hotelbar gekommen. Eigentlich sollen das die Angestellten ja nicht machen, aber es war schon sehr spät und sie sagte, sie könne nicht schlafen.«

»War sicher die Aufregung, weil alles neu war«, meinte Eva und ließ ihn nicht aus den Augen.

»Vielleicht. Und dann war da ja noch die unschöne Scheidung, die sie gerade hinter sich hatte. Ihr Mann, das muss ein richtiges Schwein gewesen sein. Er soll sie sogar geschlagen haben. Sowas kommt ja immer wieder vor, selbst heutzutage noch.«

Pah, und da musstest du sie natürlich trösten.

»Seid ihr denn schon am ersten Abend zusammen ins Bett gegangen?«, fragte sie vorsichtig.

Robert schüttelte den Kopf. »Um Gottes willen, wo denkst du hin. Es hat bestimmt eine Woche gedauert.«

Na, das nenne ich doch mal Selbstbeherrschung.

»Und wie oft ist es passiert?«

Robert sah sie irritiert an. »Spielt das eine Rolle?«

»Irgendwie schon ...«

»Es war dreimal«, antwortete er gequält.

»Und warum habt ihr damit aufgehört?«

»Das ist jetzt aber nicht dein ernst.«

»Doch, Robert. Ich muss das wissen, es gab einen Mord, bei dem man dein Sperma bei Claire gefunden hat.«

»Was hat das denn damit zu tun? Ich habe dir gesagt, dass ich nichts mit Claire hatte. Jedenfalls nicht so etwas Intimes. Und ich kann mich da nur wiederholen. Und wenn du willst, dann hole deine Bibel und ich schwöre darauf.«

»Sowas habe ich nicht im Haus, das weißt du«, entgegnete sie trocken. »Und ich glaube dir ja auch. Es ist nur so, dass ich immer noch keinen wirklichen Verdächtigen habe außer dir«, log sie.

»Das verstehe ich ja. Aber was soll ich denn machen, um es dir zu beweisen?« Robert sah sie geknickt an. »Eva, wir beide haben so viel miteinander durchgemacht. Du musst mir glauben.«

Er tat ihr leid. Doch im Moment musste das hintenanstehen.

»Du könntest mir einen Gefallen tun«, sagte sie und sah ihn versöhnlich an.

»Jeden, wenn ich dazu in der Lage bin.«

»Ich wollte meiner Mutter eigentlich eine Karte zum Geburtstag schreiben, aber du siehst ja ...«, sie hob demonstrativ wieder ihren dicken Zeigefinger in die Luft.

»Ach, kein Problem«, sagte Robert. »Mit dem dicken Teil da geht das ja nicht. Hast du schon eine Karte da?«

Aus unerfindlichen Gründen hatte Eva tatsächlich sowas im Haus. Sie musste sie irgendwann gekauft haben, als sie Jürgen noch nicht so gut kannte.

»Ja, bin gleich wieder da ...«

Als sie an ihrem Schreibtisch stand, kam sie sich wie eine Verräterin vor. Sie belog Robert, um an eine Schriftprobe von ihm zu kommen. Und damit nicht genug, sie benutzt obendrein noch ihre Mutter in Schweden als Vorwand dafür. Ich bin ekelhaft, dachte sie, als sie die

Karte aus der Folie zog. Doch was tat man nicht alles, um einen Mörder zu überführen.

Als Robert wieder gegangen war, riss Eva sich den Verband vom Zeigefinger. Es blutete gar nicht mehr. Und weh tat es sowieso nicht. Da schmerzte sie schon mehr ihr Herz.

Sie scannte die Karte ein und schickte sie per Mail an den Kollegen in Oberhausen mit der Bitte, ihr schnellstmöglich Bescheid zu geben, ob die Handschrift mit der auf dem Zettel übereinstimmen konnte. Ebenso wie der Vertrag von Gertrud. Denn wenn es hier eine Übereinstimmung gab, dann war Robert, ihr Pflegebruder, ein eiskalter Mörder.

Und jetzt?, fragte sie sich, als das erledigt war. Sie hatte keine Lust, in die Dienststelle zu gehen. Aber sie musste.

Als sie dort dann die Tür aufschließen wollte, gab diese auch so nach. Hatte sie vergessen abzuschließen?

»Na, das wurde ja auch Zeit«, sagte Jürgen.

»Du?«

»Klar, ich habe Hunger.« Er zeigte auf eine Brötchentüte.

Eva ging zu ihm hin und nahm ihn in den Arm.

»Du hast ja keine Ahnung, wie sehr ich gerade im Moment einen Freund gebrauchen kann.«

Er ging diskret über ihren Gefühlsausbruch hinweg, weil er wusste, wie sehr sie es hasste, wenn man sie damit aufzog.

»Dann mach ich uns mal Kaffee«, sagte er und goss Wasser in die Kanne.

Eva machte sich an ihrem Rechner zu schaffen. Von Ole gab es nichts Neues.

»Ich glaube, ich muss nochmal nach Oberhausen«, seufzte Eva, als Jürgen sich zu ihr setzte und ihr ein belegtes Brötchen mit Käse reichte. Er verkniff es sich zu fragen, ob sie ihn dabei haben wollte.

»Gibt es denn neue Spuren?«, fragte er stattdessen.

»Nein, das ist es ja. Aber ich habe dir doch von dem ominösen Arzt mit dem leeren Wartezimmer erzählt ...«.

Jürgen nickte. »Ich erinnere mich. Du hast dich gefragt, warum er seine Patienten alle zuhause besucht.«

»Genau, den meine ich. Ich verstehe immer noch nicht, warum Claire ihr Kind abgetrieben hat. Und das blöde ist, dass man jetzt nicht mehr feststellen kann, wer der Vater war. Es ist zum Verzweifeln.«

»Du denkst also, dass der Vater des Kindes die junge Frau auf dem Gewissen hat?«

»Ich weiß es nicht. Doch mir fehlt immer noch das Motiv für diesen Mord.« Sie sagte ihm nichts von dem Verdacht gegen Robert, der noch immer im Raum stand.

»Dann musst du wohl wirklich da runter«, sagte er und sah sie an. »Soll ich mitkommen?«

Sie sah ihn schief an. Es fühlte sich komisch an, dass er das fragte unter den neuen Voraussetzungen.

»Nur als Freund«, beeilte Jürgen sich zu sagen. »Um der alten Zeiten willen.«

Sie musste lachen. Hatte sie sich nicht gerade daran gewöhnt, endlich auf eigenen Beinen zu stehen?

»Nein«, sagte sie dann auch. »Ich schaffe das schon. Aber es wäre nett von dir, wenn du nach den Blumen sehen könntest, während ich weg bin.«

»Aber du hast doch gar keine Zimmerpflanzen«, sagte Jürgen irritiert.

»Das macht doch nichts ... einfach um der alten Zeiten willen.«

Er nickte.

»So, jetzt will ich mir nochmal den Facebook-Account von Claire ansehen«, sagte Eva, als es ihr zu rührend wurde.

»Bist du da jetzt auch angemeldet?«

»Ja, schon lange. Aber nur für ermittlungstechnische Fragen.«

Sie meldete sich an.

»Rosi Nante!«, rief Jürgen aus und bekam sich gar nicht wieder ein vor Lachen. »Eva, du bist echt eine Marke.«

»Nun guck dir das mal an«, sagte Eva und wurde ernst. »Da wird noch weiter gepostet, obwohl Claire tot ist. Das ist ja unheimlich.«

»Wirklich? Wird so ein Account denn nicht gelöscht, wenn man stirbt?«

»Scherzkeks. Woher soll Mark Zuckerberg denn wissen, dass du tot bist. Das muss schon jemand anderes für dich machen.«

»Klar, du hast recht. Ich Döspaddel. Aber dann muss derjenige ja die Zugangsdaten haben, oder?«

»Genau. Aber es sieht hier nicht nach einer Trauerfeier aus. Guck dir das mal an. Da werden immer noch fleißig Bilder von einer fröhlichen Claire hochgeladen. Das letzte Bild erst vor dreißig Minuten.«

»Dann gibt es nur eine Lösung, Eva.«

»Und welche?«

»Du musst ihr eine Freundschaftsanfrage senden.«

»Ach, ich dachte, du kennst dich damit nicht aus.«

»Tu ich auch nicht. Aber lesen kann ich schon.«

»Die Idee ist gar nicht schlecht«, gab sie zu. Warum war sie denn nicht selber darauf gekommen. Wenn es klappte, dann konnte sie so auch per PN mit demjenigen kommunizieren, der sich als Claire ausgab.

Es dauerte keine Viertelstunde, und schon war Eva mit der vermeintlichen Claire befreundet. Doch so richtig weiter half es ihr nicht. Sie konnte so ja immer noch nicht auf die persönlichen Nachrichten zugreifen.

Jürgen sah ihr eine Weile zu.

»Mir ist das alles viel zu hektisch«, sagte er dann. »Ich geh mal wieder in meine gemütliche Touristinfo. Wann fährst du denn?«

»Gleich heute Nachmittag«, sagte Eva. »Hier kann ich im Moment nichts mehr ausrichten.«

»Dann wünsche ich dir viel Erfolg.«

»Danke«, erwiderte sie. »Und danke, dass du hier warst. Es bedeutet mir viel, dass wir Freunde bleiben.«

»Seh ich auch so«, sagte er und kam unbeholfen auf sie zu.

»Du kannst mich ruhig nochmal drücken«, sagte sie lachend. »Ich bin immer noch nicht zerbrechlich.«

Sie hielten sich fest und jedem von beiden liefen heimlich Tränen übers Gesicht.

Der geheimnisvolle Arzt

Eva war froh, dass sie den BMW gleich für vierzehn Tage gemietet hatte. Irgendwie hatte sie geahnt, dass es nicht bei der einen Reise nach Oberhausen bleiben würde.

Sie hatte ein paar Sachen in ihren Rucksack geworfen und war in letzter Sekunde auf die Fähre gegangen.

Am späten Abend gegen neunzehn Uhr kam sie schließlich in Oberhausen an und fuhr direkt zu der Privatadresse des Arztes.

Vor dem Haus standen zwei neuere Wagen. Ein SUV und ein Golf Cabriolet. Außerdem zwei Kinderräder.

Von den Bewohnern war nichts zu sehen. Vielleicht saßen sie gerade zusammen im Esszimmer oder auf der Terrasse und aßen zu Abend.

Hunger hätte Eva auch gehabt. Doch sie wollte ihren Beobachtungsposten jetzt nicht mehr verlassen, bevor es dunkel wurde.

Um die Zeit totzuschlagen, lud sie sich ein paar Spieleapps herunter. Praktisch war das ja schon mit so einem modernen Smartphone, dachte sie.

Irgendwann musste sie wohl eingenickt sein, denn ein leises Piepen drang von ganz weither an ihr Ohr. Sie realisierte, dass es ihr Handy war, der Akku ging langsam in die Knie. Ihr Nacken tat ihr weh, weil sie zu lange in einer unbequemen Haltung verharrt hatte.

Das Licht in der Küche des Arzthauses war mittlerweile an und Eva beobachtete, wie eine Frau Geschirr in den Spüler stellte. Im nächsten Moment trat ein junger Mann neben sie. Das musste wohl der erwachsene Sohn sein. Er lehnte sich an den Kühlschrank und sprach mit ihr, während sie mit ihrer Hausarbeit fortfuhr.

Und dann kam auch der Arzt in die Küche. Er trug eine Weinflasche und zwei Gläser, die er auf den Tisch stellte und anschließend einschenkte.

Bisher sah alles ganz normal aus, dachte Eva. Sicher würden die Eltern gleich ins Wohnzimmer gehen und die Flasche leeren. Ob sie einfach Schluss machen sollte? Ihr taten auch mittlerweile die Knie weh vom vielen Sitzen. Sie sehnte sich nach einer Dusche und einem weichen Hotelbett.

Sie war gerade bereit, die Segel zu streichen, und den Schlüssel umzudrehen, als sie plötzlich eine Gestalt sah, die auf das Haus zuschlich. Es war eine Frau.

Sofort war Eva wieder hellwach. Sie richtete sich auf und beobachtete, dass die Frau um die Wagen herumschlich. Bestimmt führte sie nichts Gutes im Schilde.

Eva nahm ihre Waffe aus dem Handschuhfach und stieg lautlos aus dem Wagen.

In sicherem Abstand nahm sie den gleichen Weg, wie die Unbekannte. Hätte man sie nach ihrer Vermutung gefragt, dann hätte sie auf Gertrud getippt. Auch wenn sie sich im Moment keinen Reim darauf machte, was diese eigentlich hier tun sollte. Doch wer hätte es sonst sein können? Na ja, jemand, den ich noch nicht kenne, dachte Eva. Vielleicht eine Patientin von diesem geheimnisvollen Arzt, die nicht ganz mit dem Ergebnis einer Behandlung zufrieden war. Und außerdem hatte Gertrud aschblondes Haar, während diese Frau, die jetzt um die Hausecke auf dem Weg nach hinten verschwand, schulterlange schwarze Haare.

Als Eva ebenfalls um die Hausecke sah, standen da zwei Gestalten, die miteinander flüsterten. Sie konnte nicht verstehen, was sie sagten. Doch jetzt war es eindeutig, dass die Frau zum Doktor gewollt hatte. Sie tuschelten miteinander und Eva hatte den Eindruck, dass es ihm nicht recht war, dass sie hier auftauchte. Was spielte dieser Arzt für ein Spiel mit seinen Patientinnen?

Immer wieder sah er Richtung Terrassentür. Natürlich, er hatte Angst, dass seine Frau jeden Moment herauskam. »Bitte geh ...«, hörte Eva jetzt, da er lauter wurde. »Du kannst mich morgen in der Praxis anrufen, dann regeln wir das. Aber du musst jetzt gehen.«

Die Frau gab nach und drehte sich wieder um in Richtung Eva. Wo sollte sie so schnell hin? Zum Glück stand gleich in der Nähe eine große Konifere, in die Eva sich presste. Wie gut, dass rot nicht meine Lieblingsfarbe ist, dachte sie und hielt die Luft an, als die Frau an ihr vorbeiging.

Auch jetzt konnte sie das Gesicht nicht erkennen. Doch sie beschloss, der Frau zu folgen.

Doch als sie sich endlich aus ihrem Versteck traute, und zu ihrem Wagen lief, war die Frau spurlos verschwunden.

Verdammter Mist, schimpfte Eva mit sich. Doch auf jeden Fall war sie sich jetzt sicher, dass der Arzt Dreck am Stecken hatte.

Sie fuhr zu ihrem Hotel und aß noch eine Kleinigkeit im Restaurant. Dann ging sie auf ihr Zimmer und stellte sich unter die Dusche.

Es war klar, dass der erste Weg sie morgen früh zur Arztpraxis führen würde.

Als sie später im Bett lag und den Rotwein aus der Minibar trank, konnte sie natürlich nicht schlafen. Es war schon merkwürdig, wenn man plötzlich alle Gespräche wieder mit sich selber führen musste.

Vielleicht wäre es besser gewesen, wenn sie wieder in die Wohnung von Claire gegangen wäre. Den Schlüssel hatte sie behalten und keiner fragte danach.

Was war nur mit den vierzigtausend Euro, die sie in der Wohnung gefunden hatte? Eva konnte sich nicht vorstellen, dass eine junge Frau wie Claire, die in einem Callcenter arbeitete, so viel Geld ansparen konnte. Und noch weniger, dass sie es dann achtlos in einen Pappkarton steckte. Ob man sie für die Abtreibung bezahlt hatte? Vielleicht war der Vater des Kindes verheiratet und vermögend. Um seine Ehe zu retten, hatte er Claire zu der Abtreibung überredet. Und dann hatte Claire doch nicht locker gelassen und er hatte sie letztendlich auf Langeoog ermordet, um endlich wieder frei zu sein und seine Ruhe zu haben. Das wäre durchaus ein denkbares Konstrukt. Und außerdem wäre dann Robert wieder aus dem Schneider. Sie wollte unbedingt, dass er nicht schuldig war. Es war bisher noch keine Nachricht von der Dienststelle in Oberhausen gekommen, die Robert entlastete.

Eva wälzte sich im Bett hin und her. Gleich war es zwei Uhr mitten in der Nacht. Ob sie doch noch einmal aufstehen und in Claires Wohnung fahren sollte? Doch dann siegte schließlich ihre Trägheit. Jetzt noch einmal anziehen und durch die Gegend fahren, dieser Gedanke hielt sie schließlich davon ab. Und irgendwann schlief sie tatsächlich ein.

Schon um sieben Uhr stand Eva wieder unter der Dusche. Der Schlaf war nur leicht und oberflächlich traumlos gewesen. Sie wollte unbedingt noch vor Öffnung der Praxis beim Arzt sein, um zu sehen, was da eigentlich abging.

Im Hotelrestaurant frühstückte sie eilig und trank zwei Tassen Kaffee.

Eine halbe Stunde später stand sie kurz vor acht auf dem Parkplatz, ohne dass sie auffiel. Sie hatte den Eingang zur Praxis im Blick und war gespannt.

Als Erstes kam die Sprechstundenhilfe, wie nicht anders zu erwarten gewesen war. Sie schien die Einzige zu sein, die hier arbeitete. Auch was war merkwürdig. Aber wenn man an die geringe Zahl an Patienten dachte, die überhaupt hier reinkamen, vielleicht auch nicht verwunderlich.

Dann endlich steuerte der SUV auf den Parkplatz und Eva duckte sich, damit er sie nicht entdeckte.

Der Arzt eilte in die Praxis und kurz darauf ging ein Licht in dem Behandlungszimmer an.

Jetzt wurde es langsam spannend.

Doch auch nach einer Stunde war niemand, der nur ansatzweise wie ein Patient aussah, in die Praxis gegangen. Da war ein Kurier gewesen und der Postbote.

Eva trommelte mit dem Finger auf dem Lenker herum. Warten war wirklich nicht ihre Stärke.

Nach einer weiteren Stunde spielte sie mit dem Gedanken, die ganze Aktion abzubrechen. Wenn sie jetzt wieder zu dem Arzt reinging, dann lief doch sowieso wieder alles ins Leere.

Und dann meinte das Schicksal es plötzlich gut mit ihr und riss das Ruder noch einmal rum.

Eva erkannte sofort, dass es die Frau von gestern Abend war, die jetzt aus einem hellblauen Wagen stieg. Sie ging, ohne sich umzusehen, auf die Praxis zu und verschwand darin. Sie wirkte irgendwie nervös.

Eva gab ihr fünf Minuten, dann stieg sie aus dem Wagen und ging schnurstracks in die Praxis.

Am Empfang stand die Sprechstundenhilfe und sah sie komisch an, als sie ohne Begrüßung nach dem Arzt fragte. Mit einem Seitenblick hatte sie erkannt, dass die Frau nicht im Wartezimmer saß. Und so schüttelte die Hilfe auch den Kopf und bedauerte.

Das hielt Eva aber nicht auf. Sie marschierte auf das Behandlungszimmer zu und riss die Tür auf. Im Hintergrund schrie die Helferin auf.

Der Arzt sah sie mit großen Augen an. Die Frau, die vor ihm am Schreibtisch saß, stieß einen spitzen Schrei aus vor Schreck.

»Was geht hier vor?!«, rief Eva betont laut.

»Was fällt Ihnen ein, hier einfach hereinzuplatzen?«, fragte der Arzt betont sachlich. »Sie sehen doch, dass ich eine Patientin habe. Hat Ihnen denn meine Hilfe das nicht gesagt?«

»Und ob sie das hat«, blaffte Eva. »Und jetzt will ich endlich wissen, was hier eigentlich gespielt wird. Sie ...«, Eva deutete auf die Frau mit den schwarzen Haaren, die im Licht der Schreibtischlampe irgendwie fehl am Platze aussah. »... Sie habe ich gestern Abend beim Haus des Arztes gesehen. Und jetzt streiten Sie es ja nicht ab. «

Die Frau wich noch weiter zurück und sah hilflos zu dem Arzt.

»Wenn Sie nicht sofort meine Praxis verlassen, dann rufe ich die Polizei«, drohte der Arzt.

»Ich bin die Polizei«, sagte Eva trocken. »Schon vergessen?«

Er gab nach. »Was wollen Sie denn eigentlich schon wieder hier?«

»Ich will wissen, was diese Frau hier macht?« Sie zeigte auf die Schwarzhaarige. Und im nächsten Moment erkannte sie die Frau. Es war definitiv Gertrud. Sie trug eine Perücke. »Sie sind doch die Hotelangestellte«, sagte Eva jetzt und baute sich vor der Tür auf, damit sie keine Gelegenheit hatte, zu verschwinden. »Wieso haben Sie Langeoog verlassen? Was haben Sie mit dem Tod von Claire zu tun?«

»Was reden Sie da?«, fragte der Arzt verblüfft. »Wieso sollte Frau Graf etwas mit dem Tod von Claire Freitag zu tun haben?«

Frau Graf hieß die Dame also. Auf der Insel hatte sie sich als Gertrud Kaiser eingetragen. Das war dann schon mal die erste Lüge.

»Das versuche ich gerade herauszufinden«, sagte Eva. »Und Sie sagen mir jetzt, warum Sie das Kind von Claire abgetrieben haben.«

Jetzt stand der Arzt vom Schreibtisch auf und holte tief Luft.

»Frau Sturm, Sie verrennen sich da in etwas. Ich habe bei Claire Freitag keine Abtreibung vorgenommen. Ich würde sagen, es war wohl eher das Gegenteil.«

»Gegenteil?«, wiederholte Eva und in ihrem Kopf braute sich etwas zusammen. »Sie haben doch wohl nicht etwa ein Verhältnis mit Claire gehabt?«

»Nein, das nun wirklich nicht«, erklärte der Arzt weiter. »Obwohl sie bestimmt eine sehr attraktive junge Frau war. Aber ich bin glücklich verheiratet.«

Schon klar, das waren sie doch alle.

»Was ist es dann?«, bohrte Eva weiter.

»Ich kann es Ihnen nicht sagen«, druckste er herum. »Es ist ...«, sein Blick wanderte zu Gertrud Kaiser alias Frau Graf.

»Hören Sie, ich habe nicht den ganzen Tag Zeit«, raunte Eva. »Ich kann auch die Kollegen von Oberhausen rufen und dann werden sie beide mit großem Blaulichtgetöse abgeholt, wenn Ihnen das lieber ist.«

»Nein, bitte nicht«, wehrte der Arzt ab. Es war klar, dass er diesen Aufstand hier nicht vor seiner Praxis haben wollte. »Frau Graf, sind Sie damit einverstanden, dass ich Frau Sturm die Wahrheit sage?«

Eva sah von einem zum andern.

Dann nickte Frau Graf. »Es lässt sich wohl nicht mehr vermeiden«, sagte sie leise.

Eva zog sich einen Stuhl heran und der Arzt nahm wieder in seinem schweren Ledersessel Platz. Dann begann er, zu erzählen.

»Ich habe bei Claire Freitag eine künstliche Befruchtung vorgenommen«, sagte er und Eva verkniff es sich, ihn zu unterbrechen. Doch nach allem, was hier vorging, musste es sich wohl um eine verbotene Befruchtung handeln. Und wenn sie eins und eins zusammenzählte, dann war dieses Kind, das mit ein wenig Nachhilfe in die Welt gesetzt werden sollte, für diese Frau Graf bestimmt gewesen.

»Was ich gemacht habe, war nicht ganz legal«, fuhr der Arzt fort.

»Sie haben Claire als Leihmutter benutzt, richtig?«, fragte Eva jetzt. Sie sah, dass Frau Graf anfing zu weinen.

Der Arzt nickte. »Ja, das stimmt.«

»Und sie ist wohl nicht der einzige Fall, nehme ich an. Deshalb haben Sie auch wenig Patienten hier. Die Praxis ist nur Tarnung. Sie verdienen ein Heidengeld mit dem Leid anderer, wenn ich es richtig sehe.«

»So einfach ist das nicht«, wehrte der Arzt ab. »Die Frauen, die zu mir kommen, so wie Frau Graf, sie haben schon großes Leid hinter sich. Sie wünschen sich so sehr ein Kind, dass es sie krank macht.«

»So kann man sich die Sache natürlich auch schönreden«, meinte Eva und sah, wie Frau Graf sich die dunkle Perücke vom Kopf zog. »Was Sie gemacht haben, war illegal. Und ich nehme an, dass Sie sich die Sache extrem gut haben bezahlen lassen. Ich habe in Claires

Wohnung vierzigtausend Euro gefunden. Waren die von Ihnen?«

Der Arzt kapitulierte endgültig und nickte. »Ja, das Geld habe ich Claire gegeben. Es war die Anzahlung.«

Wow, dachte Eva. »Und wie viel hätte es bei erfolgreicher Ablieferung des Kindes gegeben?«

»Noch einmal sechzigtausend«, sagte der Arzt leise.

»Aber was ist dann schiefgelaufen?«, fragte Eva. »Warum hat Claire das Kind abgetrieben?«

Bei der Frage sackte Frau Graf auf dem Stuhl in sich zusammen. Sie schien einer Ohnmacht nahe.

»Hören Sie, ich muss mich um Frau Graf kümmern, Sie sehen doch, wie schlecht es ihr geht. Schließlich hat sie ihr Kind verloren.«

»Und Claire ihr Leben«, konterte Eva. »Frau Graf bleibt hier, basta. Denn Sie kommt als Mörderin infrage, hatte ich das noch nicht erwähnt?«

Jetzt schloss Frau Graf die Augen und wimmerte. »Ich wollte das doch alles nicht ... ich wollte es nicht ...«.

»Dann sagen Sie mir, was geschehen ist«, forderte Eva jetzt in versöhnlicherem Ton. »Wenn Sie gestehen, dann kann es sich doch auch positiv für Sie auswirken.«

Und dann erzählte Frau Graf ihre Geschichte. Sie richtete sich wieder im Stuhl auf und straffte die Schultern.

Sie zog ein Taschentusch aus ihrer Jacke und trocknete ihre Tränen und sah Eva offen an.

Sie wirkte so ganz anders als an dem Tag, als Eva sie auf Langeoog verhört hatte. Sie war keine kleine Angestellte. Und sie hatte auch keine schreckliche Scheidung hinter sich. Das Einzige, was diese Frau wirklich belastete war der Gedanke, kein Kind zu haben. Das spürte Eva sehr deutlich. Und auch daran konnte eine Frau zerbrechen.

»Mein Mann und ich«, begann sie und schluckte, »wir haben uns schon seit über zehn Jahren ein Kind gewünscht. Wir haben alles versucht, doch es ging einfach nicht. Es lag wohl an mir ...«.

Sie erzählte, dass ihr Mann Teilhaber eines gut laufenden Softwareunternehmens in Düsseldorf sei. Sie selber war zuhause und kümmerte sich um das Haus, den Garten und alle möglichen Kontakte, die man in so einer Situation zu pflegen hatte. Sie organisierte Dinner-Partys und Ausflüge mit Angestellten. Oft kümmerte sie sich auch um die Dienstreisen ihres Mannes.

»Am Anfang war das auch noch okay für mich«, sagte sie wirkte wie ein kleines trauriges Kind. »Doch irgendwann, da kam dann der Wunsch nach einem Kind. Schließlich war ich den ganzen Tag zuhause. Und auch

Michael, mein Mann, er wollte es genauso. Ich war total glücklich«, sie lächelte jetzt sogar ein wenig.

Doch es wurde nichts mit dem Schwangerwerden. Am Anfang, da hätten sie und ihr Mann noch Hoffnung gehabt. Und er war ja auch oft unterwegs, also waren die Gelegenheiten für Sex begrenzt. Doch immer, wenn er da war, dann ... nun ja, es wurde zu einer Aufgabe. Das hatte mit Liebe nicht mehr viel zu tun, erklärte sie. Als es nach drei Jahren immer noch nicht geklappt hatte, da begann sie, zu Ärzten zu gehen. Es folgten Hormontherapien und endlose Gespräche bei Therapeuten. Es begann die Zeit der Verzweiflung. Sie suchte die Schuld bei sich. Wurde immer unsicherer, was ihr Frausein betraf.

Dann entdeckte sie auch noch Hotelrechnungen in den Manteltaschen ihres Mannes, die sie sich nicht erklären konnte. Er ging fremd. Da war sie sich sicher. Sie wollte ihn nicht verlieren. Und sie verstand ja auch, dass er auch mal wieder ungezwungenen Sex brauchte. Bei ihr, da war er doch nur noch die Maschine, die sie zu schwängern hatte. Er mühte sich ab und nichts passierte.

»Wie sollte er sich da als Mann fühlen?«, nahm sie ihn jetzt auch noch in Schutz. »Ich musste mir etwas einfallen lassen«, sagte sie. Und dann sei ihr der Gedanke mit der Leihmutter gekommen.

»Aber es passierte nicht auf legalem Wege, nehme ich an«, sagte Eva und sah zum Arzt.

»Ich musste Frau Graf doch helfen«, wehrte der Angesprochene ab.

»Und wie haben Sie das gemacht? Ich meine, wie haben Sie Claire überhaupt gefunden?«

»Das war ich«, mischte sich Frau Graf wieder ein.

»Sie?«, fragte Eva verblüfft. Sie konnte sich nicht vorstellen, wie ausgerechnet diese beiden Frauen zueinander gefunden haben konnten.

»Ja ich«, bekräftigte Frau Graf erneut. »Ich habe es mir so sehr gewünscht und dann sah ich einmal einen Bericht über Leihmutterschaft im Fernsehen. Es war für mich der letzte Hoffnungsschimmer. Und letztendlich war es doch auch egal, wer das Kind austrug, dachte ich mir. Ich konnte es nun einmal nicht.«

»Wie kamen Sie auf Claire?«

»Über das Internet«, sagte sie kleinlaut.

Gab es da etwa eine illegale Datenbank, fragte sich Eva?

»Ich habe mich im Internet umgesehen, aber nichts gefunden, was mir behagte«, fuhr Frau Graf fort. »Und dann habe ich gedacht, dass ich eine junge Frau finden müsste, die mir sympathisch war. Es durfte nicht einfach irgendeine Frau sein, die mit dem Samen meines Mannes unser Kind austrug. Es sollte keine Fremde sein, verstehen Sie, dafür das Ganze doch viel zu persönlich.

Eva zuckte mit den Schultern. Was sollte sie dazu noch sagen.

»Also habe ich mich auf Facebook angemeldet«, fuhr Frau Graf fort. »Dort gibt es doch so viele junge nette Frauen.«

Rosi Nante, ging es Eva durch den Kopf. Doch bei den Bildern von Claire, da hatte sie keine Frau gefunden, die so aussah wie Frau Graf.

»Irgendwie bin ich dann auf Claires Profil gestoßen. Sie war so wunderschön. Ich habe mich mit ihr angefreundet. Sie wohnte ja nicht weit von uns entfernt. Es war alles ganz leicht. Ich wurde praktisch zu ihrer Vertrauten. Und irgendwann habe ich ihr von meinem Schicksal erzählt. Sie hat mich wirklich verstanden, wissen Sie ...«.

»Sie haben sich also persönlich mit Claire getroffen, nehme ich an«, sagte Eva.

Frau Graf nickte. »Ja. Und wir waren uns von Anfang an sympathisch. Wir mussten gar nicht mehr viel sagen. Claire war bereit, mir zu helfen. Das Geld interessierte sie gar nicht so sehr, ich musste es ihr praktisch aufdrängen.«

Deshalb lag es auch wohl achtlos in der Schachtel, dachte Eva.

»Ich habe ihr erklärt, dass sie das Geld gut anlegen sollte. Schließlich war sie noch so jung. Sie würde es irgendwann sicher brauchen können. Eines Tages, da begleitete sie mich hierher, zu Dr. Fehrenkamp.« Sie sah dem Arzt fragend in die Augen, dieser nickte.

»Sie haben also Claire mit dem Samen des Mannes von Frau Graf mit dem Ziel einer illegalen Leihmutterschaft befruchtet?«, fragte Eva ihn.

Der Arzt nickte. Es gab jetzt sowieso keinen Ausweg mehr.

»Sie wissen, dass das Konsequenzen für Sie haben wird.«

Er nickte wieder.

Eva ging davon aus, dass Frau Graf nicht die Einzige war, die er versorgte. Doch das würden die Kollegen in Oberhausen untersuchen müssen. Für sie ging es in erster Linie um die Ermordung von Claire. Und sie spürte, dass sie der Lösung ganz nahe war.

»Erzählen Sie weiter Frau Graf«, forderte sie die Frau auf.

»Ja sicher«, sagte diese. Auch sie sah ein, dass es jetzt kein zurück mehr für sie geben würde.

Sie erzählte davon, dass sie sich immer wieder mit Claire getroffen habe. Zum Eis oder zum Essen beim

Italiener. Sie seien richtige Freundinnen geworden. Man überlegte sich Namen für das Ungeborene und Claire versprach, sich nur noch von Bioprodukten zu ernähren.

Doch eines Tages, da wäre Claire wie verwandelt gewesen. Sie habe nur noch verschlossen gewirkt bei den Treffen, wenn es überhaupt noch dazu gekommen sei. Oft habe sie gar nicht auf die Nachrichten von ihr reagiert. Und schließlich sei sie für sie überhaupt nicht mehr erreichbar gewesen.

Da sie wusste, wo Claire wohnte, habe sie sie dann eines Tages Zuhause aufgesucht. Schließlich ging es um ihr Kind, oder zumindest um das Kind ihres Mannes. Das konnte Claire doch nicht machen.

»Ich war verzweifelt, ich wusste nicht, was los war«, jammerte Frau Graf. »Und dann bin ich zu ihr gefahren. Sie machte auf und sah verheerend aus. Richtig krank. Ich habe mich sofort um sie gekümmert, weil ich dachte, dass es mit der Schwangerschaft zusammenhinge. Man hört ja so einiges. Nicht für jede Frau ist das Kinderkriegen ein Spaziergang.«

»Und? Was war mit ihr?«, fragte Eva.

»Tja, es hat eine Weile gedauert, bis sie es mir gesagt hat …«. Frau Graf fasste sich an die Brust. »Ich weiß nicht, ob ich jetzt darüber sprechen kann, ich …«

»Sie müssen«, sagte Eva sanft aber doch bestimmt.

Die Frau nickte. »Ja, ich weiß. Im Laufe des Gesprächs, da sagte Claire mir dann, dass ihre Eltern ihr vor einiger Zeit offenbart hätten, dass sie nicht ihre richtigen Eltern seien. Das hatte sie mir bisher nicht erzählt. Sie tat mir unendlich leid und ich habe sie getröstet. Ich bin davon ausgegangen, dass sie schon damit zurechtkommen würde, schließlich war sie kein kleines Kind mehr.«

»Aber sie kam nicht damit zurecht?«

»Nein, das kam sie nicht. Sie wollte sich auch nicht mehr mit mir in der Öffentlichkeit treffen. Sie sagte, ich sei genauso schlimm wie ihre Eltern. Ich würde dem Kind später sicher auch verheimlichen, dass es eine ganz andere Mutter habe und lauter so ein Zeugs. Sie hat mich richtig angeschrien. Ich habe gedacht, es wäre besser, wenn ich sie eine Weile in Ruhe lassen würde.«

Jetzt runzelte auch der Arzt die Stirn, weil er ahnte, dass jetzt etwas Schreckliches ans Tageslicht kommen würde.

Als niemand etwas zum Trost sagte, fuhr Frau Graf fort. »Ich bin dann nach einer Weile wieder zu ihr hin. Es ging ihr schon etwas besser. Darüber habe ich mich gefreut, zunächst jedenfalls ...«.

»Aber dann nicht mehr?«, fragte Eva. Ihr dauerte das ganze Geständnis viel zu lange.

»Nein, dann nicht mehr ... denn sie hat mir eröffnet, dass sie das Kind abgetrieben hat.« Jetzt konnte Frau Graf nicht mehr. Sie wurde von einem Schütteln erfasst und begann zu weinen.

Irgendwie tat sie Eva jetzt sogar leid. Abtreibung war auch noch nie etwas gewesen, was sie so ganz verstand. Schließlich ging es um ein unschuldiges ungeborenes Leben. Egal, wie die Umstände waren, das Kind konnte doch nichts dafür.

»Hören Sie, das ist jetzt bestimmt nicht leicht für Sie«, sagte Eva, »aber ich möchte Sie bitten, mir alles zu sagen.«

»Ja«, seufzte sie und schnäuzte sich in ein Taschentuch. »Wie gesagt, sie hat es mir einfach ins Gesicht gesagt. Es fühlte sich an, als habe man mir mein Herz herausgerissen. Als ich mich ein wenig beruhigt hatte, hat sie versucht, es mir zu erklären. Sie fände es unter den neuen Bedingungen mit ihren Eltern irgendwie falsch, was sie machte. Sie wollte nicht daran beteiligt sein, ein unglückliches neues Leben in die Welt zu schicken und lauter so einen Quatsch.«

»Dann hat Claire also das Kind abgetrieben, aber nicht hier in Ihrer Praxis?«, fragte Eva an den Arzt gewandt.

»Nein, nicht hier bei mir«, antwortete er. »Ganz sicher nicht.«

»Gut, vielleicht finden die Kollegen es ja heraus. Aber im Moment hilft uns das auch nicht weiter. Es bleibt die Frage, wer Claire ermordet hat.«

Nachdem Eva das gesagt hatte, stand es für sie eigentlich schon fest. Gemeinsam mit Dr. Fehrenkamp starrte sie auf Frau Graf.

»Wollen Sie nicht endlich ein Geständnis ablegen?«, fragte sie. »Sie haben Claire ermordet, oder?«

Frau Graf nickte plötzlich, als sei sie sogar erleichtert.

»Ja, ich habe Claire getötet. Sie sollte leise sterben, genau wie unser Kind, das sie getötet hat. Es war doch noch so unschuldig und klein ...«.

Jetzt fing sie wieder an, zu weinen.

»Hören Sie Frau Graf«, sagte Eva, »Sie werden das alles noch einmal bei den Kollegen in Oberhausen zu Protokoll geben müssen. Ich werde diese jetzt anrufen, damit man sie festnimmt. Und Sie kommen auch gleich mit«, sagte sie in Richtung Arzt.

Später in der Dienststelle gestand Frau Graf dann in allen Einzelheiten, wie sie Claire auf die Insel Langeoog gefolgt war. Es war nicht schwer, sich in einem Hotel als Zimmermädchen einzuschleichen in der Hauptsaison. Da wurden Arbeitskräfte immer händeringend gesucht.

Mit Robert, dem Barkeeper habe sie eine kurze Liaison angefangen, um an sein Sperma zu kommen, damit sie es bei Claire hinterlassen konnte. So wäre der Verdacht auf ihn gefallen, war ihr Plan.

Der Zufall wollte es, dass Robert sogar selber Interesse an Claire gezeigt hatte. Alles fügte sich wie geplant zusammen.

Als Claire nach einem netten Abend an der Bar auf ihr Zimmer gegangen war, da sei sie ihr nach zwei Stunden gefolgt. Leise hätte sie sich an das Bett herangeschlichen, um die Hände von Claire zu nehmen und festzubinden. Das war gar nicht allzu schwer gewesen, denn die junge Frau habe wie ein Murmeltier geschlafen. Eigentlich sei sie erst so halbwegs zu sich gekommen, als die Tüte schon über ihrem Kopf war und sie spürte, dass sie keine Luft mehr bekam. Doch da war es längst zu spät gewesen.

»Ich habe ihre Augen gesehen, als sie starb«, gab Frau Graf vor Eva und dem Kollegen aus Oberhausen zu Protokoll. »Sie hatte Todesangst. Und das hat mich ein wenig dafür entschädigt, was sie dem kleinen Wesen, angetan hat.«

Man ließ Frau Graf abführen und der Kollege versprach, sich auch um den Arzt zu kümmern. Die Schriftprobe von Robert sei übrigens nicht identisch mit dem Zettel gewesen. Doch das war Eva sowieso schon klar gewesen. Sie bedankte sich ganz herzlich für die gute Zusammenarbeit und machte sich auf den Weg nach Hause.

Ein Haufen Sand namens Langeoog

Es war schon Abend, als Eva wieder in Bensersiel ankam. Die letzte Fähre war schon weg und sie hätte fliegen müssen. Da ihr das eigentlich schon immer ein Graus gewesen war, entschied sie sich, noch eine Nacht in Klaras Wohnung in Esens zu bleiben.

Auf dem Weg dorthin hielt sie bei einem Spirituosenladen und kaufte sich eine gute Flasche Pinot Grigio. Außerdem gab es dort auch eine angegliederte Feinkostabteilung mit frischen Oliven, ein wenig Käse und anderen Köstlichkeiten. Sie nahm auch davon etwas mit, dann musste sie heute nicht mehr raus.

Die Wohnung wirkte einsam, als sie aufschloss.

Klara war gestorben, das hatte ihr die Tochter in einem wunderbaren langen Brief geschrieben. Und sie solle sich um Gottes willen keine Vorwürfe machen, denn Klara hätte bis zuletzt gut von ihr gedacht. Der Brief lag auf dem kleinen Küchentisch. Vielleicht wollte die Tochter ihr keine Umstände machen und dachte, es wäre schon früh genug, wenn Eva es erfuhr, wenn sie mal wieder in die Wohnung kam. Vielleicht stimmte das sogar. Was hätte es geändert, wenn sie es eher gewusst hätte? Zur Beerdigung wäre sie sowieso nicht gegangen. Was brachte es Toten, wenn man öffentlich um sie weinte? Eva mochte so etwas nicht. Und Klara hatte immer zu ihr gesagt, dass es um das Leben ginge, darauf solle man sich konzentrieren. Nicht auf den Tod.

Und trotzdem musste Eva weinen. Abschiede taten immer weh. Und das war jetzt schon der Zweite neben dem Ende mit Jürgen.

Sie öffnete die Weinflasche und goss sich ein Glas ein.

Nach einem Schluck, der wie Medizin durch ihre Kehle rann, zog sie ihre Sachen aus und ging ins Bad. Bei Klara gab es keine Dusche, deshalb ließ sie sich eine Wanne einlaufen.

Das warme Wasser tat ihr gut. Es war Sommer und sie fror entsetzlich.

Nach dem Bad hüllte sie sich in einen weichen Bademantel, richtete sich die Antipasti auf einem Teller an und ging damit und mit dem Wein ins Wohnzimmer. Sie machte weder Licht, noch schaltete sie den Fernseher an. Sie wollte in sich horchen. War sie noch da?

Ja, das war sie.

Und sie wollte jetzt nicht traurig sein. Sie wollte nach vorne blicken. Es war schon immer so gewesen in ihrem Leben, dass es immer irgendwie weiterging.

Sie würde morgen auf ihren Sandhaufen zurückfahren und gucken, was die Zukunft für sie bereithielt.

Eva hatte die ganze Nacht auf dem Sofa verbracht und machte sich jetzt zurecht für die Abreise nach Langeoog.

Bevor sie die Tür hinter sich schloss, sah sie noch einmal in die Runde. Sie würde die Wohnung renovieren lassen, und vielleicht als Ferienwohnung vermieten. Und wenn sie selber einmal hierbleiben wollte, dann hatte sie ein Domizil.

Die Fähre legte pünktlich ab und Eva freute sich, nach Hause zu kommen.

Von unterwegs schrieb sie Jürgen noch eine SMS *Bin gleich wieder auf der Insel.* Doch irgendwie konnte sie diese nicht abschicken. Etwas in ihr sperrte sich. Musste es denn wirklich so weitergehen, dass sie auf Schritt und Tritt voneinander wussten, wo sie gerade waren oder was sie machten?

Nein, das durfte es nicht. Vielleicht liefen sie sich zufällig über den Weg, wenn sie zurückkam. Doch sie beschloss, diesem Zufall nicht mehr in die Hände zu spielen und löschte die Nachricht, ohne auf Senden zu drücken.

Das ist dein Leben Eva Sturm, sagte sie zu sich selbst. Mach was draus.

ENDE

Zur Autorin

Moa Graven: »Ich habe erst mit fünfzig meine Leidenschaft für das subtile Verbrechen entdeckt.«

Als gebürtige Ostfriesin kam Moa Graven durch Umwege über den Journalismus selber zum Krimi-Schreiben. Das war im Jahr 2013, als sie ihren ersten Krimi »Mörderischer Kaufrausch« mit Ermittler Jochen Guntram als Fortsetzung in einem Monatsmagazin veröffentlichte. Seither hat sie viele Leichen in Ostfriesland hinterlassen. Sie arbeitet mittlerweile an drei Krimi-Reihen in Ostfriesland mit Kommissar Guntram in Leer, Jan Krömer in Aurich und Eva Sturm auf Langeoog! Seit August 2016 gibt es auch eine Friesland Krimi-Reihe mit Joachim Stein, den alle nur „Der Adler“ nennen.

Besuchen Sie die Autorin hier: www.moa-graven.de

NEU: Die Ostfrieslandkrimis App von Moa Graven zum kostenlosen Download!

Die Eva Sturm Krimi-Reihe im Überblick

Verliebt ... Verlobt ... Verdächtig *- Band 01*

Justitias Schwäche *- Band 02*

Bitterer Todesengel *- Band 03*

Blaues Blut *- Band 04*

Stille Angst *- Band 05 (Overcross-Special mit den drei ostfriesischen Ermittlerteams von Moa Graven, die einen Fall auf Borkum lösen)*

Schiffbruch *- Band 06*

Auf dich wartet der Tod *- Band 07*

7 Tage Regen *– Band 08*

Wenn es Abend wird, mein Schatz ... *– Band 09*

Stirb leise ... *– Band 10*

Der letzte Tanz *– Band 11*

Alle Bücher sind als eBook und Taschenbuch erhältlich!

Die weiteren Krimi-Reihen von Moa Graven

Kommissar Guntram Krimi-Reihe

Mörderischer Kaufrausch - Band 01
Mord im Gebüsch - Band 02
Mordsgeschäfte - Band 03
Das Meer schweigt ... - Band 04
Märchenhafte Morde - Band 05
Hinter verschlossenen Türen - Band 06
Teezeit - Band 07
Wer erschoss den Weihnachtsmann? - Band 08
Hannah – Vergessene Gräber - Band 09
297 Tage - Band 10

Profiler Jan Krömer Krimi-Reihe

KillerFEE – Band 01
Todesspiel am Großen Meer – Band 02
Kneipenkinder – Band 03
Fallensteller - Band 04
Flächenbrand – Band 05
Blindgänger – Band 06
Fremder - Band 07
Die Puppenstube - Band 08

Der Adler – Joachim Stein Krimi-Reihe

Der Adler – LaLeLu … und tot bist du - Band 01
Der Adler - KALT - Band 02
Der Adler - NEBEL - Band 03
Der Adler - Lebenslänglich - Band 04

Alle Bücher sind als Taschenbuch oder eBook erhältlich!

Printed in Poland
by Amazon Fulfillment
Poland Sp. z o.o., Wrocław

61407373R00117